重庆都市作家丛书

天壤之别

Tianrangzhibie

殷贤华 著

重庆出版集团 重庆出版社

图书在版编目（CIP）数据

天壤之别 / 殷贤华著. —重庆：重庆出版社，2016.6
ISBN 978-7-229-11257-8

Ⅰ．①天… Ⅱ．①殷… Ⅲ．①小小说－小说集－中国－当代 Ⅳ．①I247.8

中国版本图书馆CIP数据核字（2016）第121911号

天壤之别
TIANRANGZHIBIE

殷贤华　著

责任编辑：肖化化
责任校对：朱彦谚
装帧设计：尚品视觉CASTALY　周 娟　廖明媛

重庆出版集团
重庆出版社　出版

重庆市南岸区南滨路162号1幢　邮政编码：400061　http://www.cqph.com
重庆俊蒲印务有限公司印刷
重庆出版集团图书发行有限公司发行
邮购电话：023-61520646
全国新华书店经销

开本：787mm×1092mm　1/16　印张：14.25　字数：160千
2016年6月第1版　2016年6月第1次印刷
ISBN 978-7-229-11257-8
定价：27.00元

如有印装质量问题，请向本集团图书发行有限公司调换：023-61520678

版权所有　侵权必究

重庆都市作家丛书
编委会

主　任：陈　川

副主任：冉　冉

成　员（以姓氏笔画排序）：

　　　　丁世忠　王明凯　冉　冉　卢延辉
　　　　刘清泉　李　钢　李显福　李海洲
　　　　余德庄　陈　川　赵兴中

contents

目录

第一辑 三个愿望 ………… 1

第二辑 我要裸奔 ………… 29

第三辑 离奇还债 ………… 101

第四辑 我不是托 ………… 123

第五辑 我有妈妈 ………… 155

第六辑 机关重重 ………… 177

三个愿望
Sange Yuanwang

第一辑

【导读】

讴歌真善美、弘扬主旋律、传递正能量，永远是时代的主题。本专辑所收录的温情小小说，或描写亲情爱情，或揭示人性美德，为您讲述的全是积极的、健康的、催人奋进的、给人力量的、充满希望的人和事，读来如缕缕春风轻轻拂面，掩卷如余音绕梁拨动心弦。相信总有一个情节令您感动，总有一段话语令您感到温暖。

两条金鲤的爱情

这是一座深山老林，幽美静雅，真是人间天堂。

环绕这座深山老林的，是一片绿湖，深不见底，闪着翡翠一般的光芒。

在湖底，生长着一种美丽的金鲤。他们是鲤中的精，鱼中的灵。

"老公，你真笨，快一点！"她使劲一甩尾，箭一般地游到前面。

"老婆，你真厉害，等等我！"他按捺住力气，故意气喘吁吁地赶上来。

她游得比他快，当然很快乐。她快乐了，他就快乐。他的职责，就是要让她生活得快乐。

他们是两条新婚的金鲤，他们天天过着如此简单而快乐的生活。

"亲爱的，我们祖祖辈辈生活在湖底，我想去看看外面的世界，你能带我去吗？"一天，她说。

他吓了一跳，说："亲爱的，这可不是闹着玩的。要是被人发现了，我们就没命了。"

她很失望，赌气地说："没想到你这么胆小，那我自己去。"说完一甩尾巴，向上游去。

他急了，连忙追了上去。

他们顺着水声游到湖面，不禁被眼前的景色迷住了！一条诱人的小青虫在水中挣扎，她欢喜地一口咬去——他大惊失色，想阻止已经来不及——随着一条刺眼的弧线划过，她被拉出水面，被一只大手抓住了！

"是金鲤！这湖里果然有金鲤！老太婆你快看！"岸上，一老头放下钓竿，捧起金鲤，给旁边不时咳嗽的老太婆看。"老中医说了，金鲤是特效药，专治你的病，你吃了这金鲤，肯定会好起来。"老头喜形于色地说。

这一切发生得太突然！她第一次离开生她养她的湖底，就遭此大祸，头脑不禁一片空白："老公救命——"她绝望地大叫！

他听见她的呼喊，心都快碎了！他不停地跃出水面，声嘶力竭地喊："老婆——"

"哈哈，老太婆你快看，还有金鲤在水面跳呢！我再钓几条给你吃。"老头把钓上来的金鲤放进鱼篓，沉入水里，又开始支起钓竿。

他快速游到她身边。然而，他们已经隔了一层鱼篓。他看见她漂亮的嘴角全是鲜血，不禁痛不欲生。"老婆，我救你来了！"他拼命地咬鱼篓，想把鱼篓咬破，好把老婆救出来！

然而，鱼篓是胶线做成的，他怎么能咬得动？他想把鱼篓往湖底拖，但鱼篓被一条粗线牵着，粗线的一头系在岸边的树桩上，又如何能拖得动？

看着他在鱼篓外绝望而拼命地忙活，她的心比受伤的嘴角还痛，她哭喊着："老公，我错了，我不该不听你的话，我这是咎由自取。你走吧，你要好好地活下去！"

"不！没有你，我活不下去！我一定要救你出去！"他也哭了。他发现，鱼篓口有一个弹簧卡子，只要能把卡子打开，她就能从鱼篓口逃出来。

他拼尽全力,用嘴去抵住弹簧卡子,忘记了疼,忘记了时间。一次,又一次,再一次……终于,卡子松动了!他继续用力,然而每进一步,都会换来更钻心的疼。他眼冒金星,感觉头马上就要被弹簧压扁,感觉马上就要窒息了……他用身体卡住鱼篓口,鱼篓口缝隙终于露出来了,他大喊:"老婆,快逃!"

还好,她的体形很瘦小,几番挣扎,终于从鱼篓口缝隙闯出鬼门关!而他却卡在鱼篓口,再也退不出来……

"老婆,你走吧,你要好好地活下去!"他也像她那样说。"不!没有你,我活不下去!"她也像他那样回答。

忽然,鱼篓被提出水面。岸上,老头对老太婆说:"老太婆,天晚了,不钓了,我回家给你熬金鲤汤喝,你的病就快好啦,哈哈……"老头看了看鱼篓,一把抓住他,说:"哇,好险!这金鲤差点跑掉了,看来这鱼篓口的卡子坏了。"

老头和老太婆正要离开,却看见她不停跃出水面,令人匪夷所思的是,她竟然直接跃到岸上!

老太婆把跃到岸上的她捡起来,发现了她嘴角的鲜血和鱼钩印痕。老太婆看了看老头手中的他,说:"老头,真奇怪,我手中这条金鲤才是刚才你钓上来的。"

老头这才注意到,卡在鱼篓口的他嘴角没有鱼钩印痕,体形很大,确实不是自己钓上来的那条。这是怎么回事?一条为了救对方宁愿卡在鱼篓口,一条因为失去对方而跃上岸……老头和老太婆对望了一眼,恍然大悟,异口同声地说:"他们可能是一对患难夫妻!"

老太婆流泪了,说:"老头,我太感动了,我们把这对金鲤放回去吧。我若吃了他们,我的心会很难受,我的病情会加重……"老头叹了口气,点点头……

他和她重新回到湖里,一起往深处游去。他感激地回头一望,看见老头正搀扶着老太婆,越走越远,越走越远……

（本文发表于2013年5月22日《教师报》、2013年11月21日加拿大《七天》报，被中国作家协会《小说选刊》2015年第7期、《重庆民进》2015年第1期等转载，入选漓江出版社《2013中国年度微型小说》《中外当代文学艺术家代表作全集·2015年卷》，获2013年"伟人颂·中国梦"全国诗文书画摄影大赛一等奖。）

一只红蜻蜓的爱情

窗外，停着一只蜻蜓。

这是一只漂亮得令人心醉的蜻蜓。她有着妩媚的脸蛋、水汪汪的眼睛、细长的腰肢、曼妙的身材，最引人注目的是，她有着一身红得耀眼的衣衫！

这只红蜻蜓从哪里来，没有人知道。她神情冷傲，像个骄傲的公主。她风尘仆仆，一定飞越了千山万水。

而她，在这扇窗门前，停了下来。她含情脉脉，专注地看着房间里的主人。

房间里的主人，是一位仪表堂堂的书生。他正襟危坐，目光炯炯，时而踱步吟诵诗文，时而掩卷沉思。他清秀的脸庞在烛光的映照下，是那样的光彩动人。

这只红蜻蜓，似乎从没见过这么耐看的脸。她从他的窗前飞过，当第一眼看见这张脸，她的翅膀便停住了。

这张脸是光，是电！红蜻蜓想看得更清楚，更透彻，便通过窗格，飞进了书生温暖的房间。

从此，这房间也成了红蜻蜓的家。她停在书桌正前方的壁沿上，这样的位置和角度，能清晰地看到书生读书的模样。她总是一动不动，生怕惊扰了书生。而只有在深夜，书生入睡后，她才轻轻飞到书生鼻前，轻轻唱歌，轻轻漫舞。她相信书生在梦中，一定能听到她美妙的歌声，一定能看到她美妙的舞姿。

红蜻蜓真的相信，因为她多次看见睡梦中的书生，脸上露出微笑。

红蜻蜓很陶醉，很快乐。

然而，一天夜里，红蜻蜓的快乐，被一只蜘蛛打破了！

这是一只好大的毒蜘蛛啊，红蜻蜓从来没有见过这么大的毒蜘蛛！和它比起来，自己是蚂蚁，而它是大象！当她第一眼见到这魔鬼，吓得几乎魂飞魄散，晕厥倒地！

红蜻蜓花枝乱颤，芳心大乱，她慌忙拍打翅膀，想飞出窗门，远离这魔鬼！

毒蜘蛛其实并没有注意到红蜻蜓，她顺利地飞出窗口，长舒了一口气。然而她一回头，刚刚安定的心马上又绷紧了——毒蜘蛛正沿着长长的蛛线，从房顶一步步向熟睡中的书生靠近，靠近，靠近！

红蜻蜓大声呼救，然而她的声音太小，书生听不见。眼看毒蜘蛛就要挨着书生的额头了，红蜻蜓没时间多想，以箭的速度射进房内，停在毒蜘蛛上方的蛛线上，使出全身力气摇晃！

毒蜘蛛回过头来，轻蔑地看了一眼这只不起眼的小东西，没有理会，继续向下滑去。它甚至已经能感受到书生温热的鼻息，嗅到书生血管里散发的芳香！

蛛线摇得更厉害了，似乎就要绷断，毒蜘蛛的头几乎被摇晕了！它恼怒地回转身，一步步往上爬。它知道，黏稠的蛛线已经粘住了红蜻蜓的翅膀，这小东西自寻死路！

清晨，朝阳升起，是那样的舒适清新。书生从美梦中醒来，伸了个长长的懒腰。蓦地，他发现额头上方，悬挂着一只硕大的毒蜘蛛和一只小小的红蜻蜓，不由得发出一声惊叫！

书生颤抖着靠近，才发现它们早已死了。红蜻蜓的翅膀七零八落，但她的小嘴,却狠狠地咬住了毒蜘蛛的颈脖;她的两只前爪,却狠狠地刺进了毒蜘蛛的双眼!

"这红蜻蜓太漂亮了,从来没有见过这么漂亮的红蜻蜓,真可惜。"书生把红蜻蜓捧在手心,惋惜地感叹道。他不知道昨夜发生了怎样惊心动魄的争斗,但此刻却能看见,红蜻蜓美丽的眼角和脸庞,残留着两行清亮的泪痕……

(本文发表于 2013 年 12 月 20 日《边防警察报》、2013 年 7 月 4 日日本《阳光导报》。)

蓝色蝴蝶结

(一)

农村没有多少玩具,小时候,他和妹妹最喜欢玩捉迷藏的游戏。那天,爸爸妈妈到庄稼地干活去了,他和妹妹又开始捉迷藏。这次,他屋里屋外,找了好久都没有找到妹妹。莫非妹妹躲到邻居家去了?

他轻轻推开邻居家虚掩的门,看见妹妹那件花格子衣服的背影,他一下将其抱住,得意地说:"看你往哪里躲?"

随着一声惊叫,小女孩回过头来——虽然穿着和妹妹一样的花格子衣服,却不是妹妹。小女孩额间长着一颗美人痣,头上扎着蓝色的蝴蝶结,是那样的漂亮可人!

后来他知道,她是邻居家的亲戚,是来做客的。

(二)

他很调皮,上课心不在焉,经常不做作业,还与同学打架,为此,他挨了老师不少批评,也挨了爸爸不少的揍,但他依然我行我素。

读高二时,班上转来一位女生,与他同桌。他一眼认出是她——

额间依然是那颗美人痣，头上依然扎着蓝色的蝴蝶结，是那样的漂亮可人！

他的心跳得厉害。他像小时候那样做了个抱住的动作，得意地说："看你往哪里躲？"

（三）

在爸爸妈妈的催促下，他来到咖啡厅相亲。

眼前的女孩很平凡，说不上漂亮也说不上不漂亮，他没有感觉。他厌烦这样的相亲，不到半个小时他便去吧台埋单。

"呀，同桌的你！"

"哟，同桌的你！"

额间依然是那颗美人痣，头上依然扎着蓝色的蝴蝶结，是那样的漂亮可人！

"读高三时你又随父母转学了，从此就失去了联系，没想到你在这咖啡厅工作。"他笑。

"都什么年代了，没想到你还玩相亲。"她也笑。

他的心跳得厉害。他像小时候那样做了个抱住的动作，得意地说："看你往哪里躲？"

（四）

生意越做越大，他的公司开始开连锁店。新招的服务员，一个比一个漂亮，令他神魂颠倒。

最漂亮的那个叫狐妖妖。在一次酒醉后，他将狐妖妖扶进了宾馆。望着狐妖妖迷人的身体，他笑了，将自己的手机偷偷关掉。

狐妖妖也笑了，她全力迎合着他，使包里的摄像头对准他和自己！

第二天，狐妖妖挑衅地将一张光盘交到她手上。她狐疑地打开，顿时觉得天旋地转，一下子晕了过去。她头上那只漂亮的蓝蝴蝶，也无力地滑落在地！

她孤独地走了，在她签名的离婚协议书上，留下了一枚蓝色的蝴蝶结……

（五）

躺在医院病床上的时候，他已经一无所有。他的财产，被狐妖妖骗个精光。最后，狐妖妖在人间蒸发了。

他觉得生命快要结束了，他挣扎着，将一枚蓝色的蝴蝶结放在窗台。

这枚蝴蝶结成了他唯一的支柱，他天天望着它，抚摸着它，忏悔着，诉说着，他的声音越来越弱。

这天醒来，他突然两眼放光，热泪一下子涌了出来——窗台上，出现了另一枚漂亮的蓝色蝴蝶结……

（六）

在医生的搀扶下，他回到老家。他颤巍巍推开邻居家虚掩的门，又看见了那件花格子衣服的背影，他颤抖着喃喃："看你……往哪里……躲？"

他终于又看见了那颗美人痣，头上扎着蓝色的蝴蝶结，是那样的漂亮可人！

……

（本文发表于《金山》2013年第11期，入选2014年新华出版社《给爱一个台阶·最美爱情小小说精选》。）

三个愿望

这天早上，公司老总刘刚送妻子蛾儿到人民医院上班后，优哉游哉地向公司走去。到东方广场时，发现那里聚集了一群人。刘刚向来有凑热闹的习惯，便好奇地围了上去，想看个究竟。

原来是一个脸色苍白、衣着褴褛的中年男人在跪地乞讨。刘刚本是个乐善好施的热心人，平时在街上看见那些风烛残年的或缺胳膊少腿的乞丐，总是毫不犹豫摸出钱包，十块、二十块，多多少少给点。但今天遇见的这位中年男人有手有脚，年轻力壮。刘刚觉得此人不去凭劳动挣钱，却赖在这里乞讨，实在丢男人的脸。刘刚厌恶地吐了口口水，准备离开。

只听那中年男人哭诉道："我是一个搞建筑的民工，妻子早亡，我和六岁的儿子兵兵相依为命。本想多挣点钱让失去妈妈的苦命儿过上好日子，哪知道天有不测风云，兵兵患上癌症，已经是晚期，医生说剩下的时间不多了……兵兵有一个愿望，就是死前想拥有一架高级遥控玩具飞机，可这需要三四百块钱哪！为了医治兵兵，我已经花光了积蓄，能借钱的亲友都借遍了。没有办法，只有在这里借钱。请好心人帮帮忙，你留个地址，借的钱我以后一定还上。"

刘刚是个心软的人，一听这话觉得鼻头发酸。他知道现在有一些职业乞丐，白天乞讨，晚上花天酒地住宾馆。但今天遇见的这位，看上去不像在演戏，而且承诺"借钱还钱"，挺有志气。刘刚宁愿相信中年男人讲的故事是真的。刘刚跨步上前，掏出钱包，拿出四百块递给中年男人，感慨地说："满足兵兵的愿望吧……这钱不用还了，希望你和兵兵都好起来！"

一下子给了四百块，围观的群众都惊异地盯着刘刚，有的竖起拇指鼓起掌来。中年男人连连磕头说："谢谢大恩人！谢谢大恩人！"他正要问及恩人姓名，刘刚已经走远。

刘刚做了这样一件好事，感觉心里很痛快。他来到公司，刚好有一位销售商来洽谈生意。这是生意场上的老伙伴了，因此生意洽谈得很顺利，准备在做完相关验证论证后，于次日签合同。当晚，刘刚把生意伙伴安排到城内最豪华的五星级天上地间大酒店，酒醉饭饱，刘刚送生意伙伴到客房休息，在走廊上却忽然发现：早上那个跪地借钱的中年男人，此刻正抱着一个五六岁的孩子，掏出钥匙打开了一间客房！

刘刚怒不可遏，他感觉自己受骗了！这个自称妻子早死、小儿患癌、在广场跪地借钱的年轻力壮的"建筑民工"，竟然有钱住最豪华的五星级天上地间大酒店！演技真高！这骗来的钱花得可容易和得意呀！火爆的刘刚正待冲上去问个究竟，却接到公司副总的急电。那边说："刘总，这回的生意跟以前不一样，有问题。明天的合同不能签，您赶快回公司一下……"刘刚一惊，只得恨恨地望了望那关上的客房门，急匆匆赶回公司。

第二天，刘刚没有送妻子蛾儿到人民医院上班，一大早就直接赶往公司，准备妥善处理与生意伙伴的事。在走到新科技超级儿童游乐园附近，刘刚看见又聚集了一群人。那个熟悉的声音再次响起来："我是一个搞建筑的民工，妻子早亡，我和六岁的儿子兵兵相依为命。本想多挣点钱让失去妈妈的苦命儿过上好日子，哪知道天有不测风云，兵兵患上癌症，已经是晚期，医生说剩下的时间不多了……兵兵有个愿望，就是死前到新科技超级儿童游乐园痛痛快快玩一回，可门票都需要一百块，更别说里面的游乐项目！为了医治兵兵，我已经花光了积蓄，能借钱的亲友都借遍了。没有办法，只有在这里借钱。请好心人帮帮忙，你留个地址，借的钱我以后一定还上。"

刘刚再也忍不住了，他拨开人群，愤怒地冲到跪地的中年男人身边，抬手就是一耳光，吼道："大家不要相信这个骗子！这个骗子昨天在东方广场说兵兵有一个愿望，就是死前想拥有一架高级遥控玩具飞机，而昨天晚上他却带着他的兵兵住进了最豪华的五星级天上地间大酒店！我亲眼所见！你这个骗子，给我滚！我再不想看到你！"

一下子，围观群众哗然了。大家纷纷指责中年男人，有的将口水吐到了中年男人脸上，有的直接将中年男人推倒在地，还踏上一只脚。中年男人想说什么，但已经没有人愿意听……

傍晚，刘刚回家。看见正做晚饭的妻子蛾儿长吁短叹，摇头叹息。刘刚纳闷地问其中缘由，蛾儿说："我们医院住院部有一个叫兵兵的癌症病员，才六岁，活不过几天了，命真苦。他的爸爸今天又出了事，真是祸不单行……"

　　刘刚听到"兵兵"这个名字一愣，他赶紧问道："兵兵？他的妈妈是不是早亡？爸爸是不是搞建筑的民工呀？"

　　"是呀！你怎么知道？"蛾儿狐疑地问。

　　刘刚的心顿了一下，急切地问："待会儿告诉你，你先说说，兵兵的爸爸今天出什么事情了？"

　　蛾儿说："昨天晚上，兵兵的爸爸把兵兵接出医院，今天早上很早就送回来了。兵兵的手里拿着一架高级遥控玩具飞机，很高兴！兵兵的爸爸告诉医生和护士，兵兵的日子没有几天了，他要尽量满足孩子最后的三个愿望。孩子要一架高级遥控玩具飞机，在一位好心人的帮助下实现了；孩子要住爸爸修建过的最好的房子，爸爸经过与天上地间大酒店老总商量，老总很感动，免费让这对父子住一晚，这个愿望又实现了；孩子的最后一个愿望是到新科技超级儿童游乐园痛痛快快玩一回，可兵兵的爸爸在乞讨时却被误以为是骗子，被群众打骂了一顿。兵兵的爸爸拖着伤体，精神恍惚地回医院，不幸出了车祸，现在还躺在我们医院里，真惨……"

　　刘刚一下子跌坐在地，呆了。他没有想到兵兵有三个愿望，更没有想到两天之内自己既做了帮助苦命人的好人，又做了伤害苦命人的坏人！怪就怪自己的鲁莽和冲动，怪就怪自己不好好了解事情的真相！刘刚一下子握住蛾儿的手，流下泪来："我既是那个帮助兵兵实现第一个愿望的好心人，又是伤害兵兵的爸爸，引发群众将兵兵的爸爸打骂一顿的坏人！我们现在赶到医院去，去给兵兵的爸爸道个歉！"

　　在去人民医院的路上，刘刚想好了，明天给自己放一天假，带兵兵到新科技超级儿童游乐园痛痛快快玩一回……

（本文发表于《传奇故事》上旬版 2012 年第 6 期，入选 2012 年百花洲文艺出版社《商场麻辣烫》。）

你敢扶倒在地上的老人吗

三轮从法院出来，脸色很灰暗。法院判被告、原告各承担一半的责任，三轮只得向原告马大爷支付医疗费用一千元。一千元对于三轮来说，倒不是大事，半个月就可以挣回来，关键是理亏了，三轮想不通。

三轮抬头望了望天，但见晴空万里，阳光灿烂。三轮想，自己本来没做错什么，够倒霉的了，何必再跟自己怄气，伤自己身体呢？这样一想，三轮的心舒缓了些。三轮又想，今天干脆就不去拉三轮了，早一点回家，给自己放一天假吧！

三轮走得快，一会儿就快到家了。三轮忽然看到前面聚集了一群人，正叽叽喳喳地说着什么。三轮定睛一看，原来地上躺着位老大娘。老大娘蓝衣蓝帽，此刻一动不动，一副不省人事的样子。

三轮的心猛地揪了一下，很疼。他的步子明显缓了下来。老大娘是不小心摔倒了吗？是突然发病了吗？三轮注意到，身边的行人指指点点，也有几个人停了下来看稀奇，脸上也挺着急的样子，但就是没有人去把老大娘扶起来送医院。

"喂，大家快把这老大娘扶起来送医院啊，不然会出人命的呀！"三轮急促地说。

"可这里没有摄像头！我去扶她，要是被老大娘或者她的家人反咬一口，说是我撞的，就惨了！"一个眼镜大哥说。

"是呀，没有摄像头……" 三轮点点头，叹了口气补充说，"不过大家到时候可以做证嘛。"

"哼！到需要取证的时候，可能有人会说什么都没有看到，多一事不如少一事，这样的人如今多了去了……"一个中年妇女不屑地说。

"那总不能见死不救呀……" 三轮有些着急地摊开手。

"那你自己怎么站着不动呀，你不怕担责任，那你做好人，背她去医院呀。"一个鸭舌帽反唇相讥，阴阳怪气地说。

三轮一怔，想反驳，但最终没有张嘴。他抬头再次望了望天，还是晴空万里，阳光灿烂。三轮深深地吸了口气，俯下身来。

"你想好了再做啊……"几个行人异口同声地劝道。

三轮看了他们一眼，没有理会，继续蹲下身去。

"好心的大哥，你等一下！"这时候赶来一个小伙子，指着倒在地上的老人说，"这老大娘昨天曾倒在这里，今天怎么可能又倒在这里，这绝对是骗局！"

他的话一下子把大家震住了！大家你看我，我看你，觉得此事真是不可思议。

三轮不相信地问："你认错人了吧？"

小伙子拍着胸脯说："老大娘穿的蓝衣蓝帽，我怎么会认错呢？"

话音刚落，大家便七嘴八舌起来，有谴责老大娘的，有质疑小伙子的，有劝三轮别多管闲事的，场面闹哄哄的。

三轮没有说话。他只是默默地把老大娘背在背上。他正要向医院走去，老大娘却自己醒了。

老大娘流着眼泪，哽咽说："小伙子，好样的，我就知道你会救我。我在你家门口倒地两天了，就是为了等你出现……"

这是怎么回事？三轮和行人都睁大眼睛，不解地看着老大娘。

老大娘握着三轮的手说："前几天，马大爷在路上被一辆三轮车撞倒，你去扶，他就认定是你撞的！你不承认，他就和你打官司。报上登了这事，有你的照片，所以我认得你。刚才我接到电话，因为没有人给你做证，没有摄像头，官司上你受委屈了……小伙子，对不起啊，你是好样的,我相信你没有撞马大爷!"

做了好事,终于得到应有的理解、信任和尊重,三轮如释重负地笑了。"那您老人家莫非是……" 三轮试探地问道。

老大娘拍拍三轮的肩,拉着三轮的手,笑着回答:"我是马大娘呀,就是马大爷的老伴!走,趁法院还没下班,我带你去那里澄清情况!还有,我叫我家那死老头把一千元钱还给你!好人受冤枉,以后还有人敢扶倒在地上的老人吗……"

一片掌声响起来,三轮感觉是那么悦耳。他抬头看看天,但见晴空万里,阳光更加灿烂……

(本文发表于 2014 年 8 月 6 日《南方法治报》。)

我没有碰瓷

这天,汤总开着宝马车去公司上班,一路上想着处理公司的事务,车便开得有点快。车开到西街尾转弯的时候,忽然看见一个老头闯过来。汤总急摁喇叭,那个老头一惊,便在车边倒下了。汤总连忙刹车,但开门时车门恰好把老头的脸刮伤了。

汤总下得车来,看着满地散落的空矿泉水瓶和几小捆废书报,知道老头是捡破烂的。此刻,老头一边捂着刮伤的脸,一边把散落的空矿泉水瓶重新装好,很痛苦的样子。汤总轻蔑地说:"老头,不要装了。这里没有监控录像,你真会选地方碰瓷啊!"

老头惊讶地抬起头,气愤地回答:"你怎能这样说话?谁碰瓷了?我的脸不是被你的车刮伤的吗?"

"哈哈哈,你这样的老头我见多了!"汤总讥讽道,"网上不是说,不是现在的老人变坏了,而是流氓变老了吗?"

"你说谁是流氓了？你……你……"老头脸涨得通红，呼吸急促，说不出话来。

"不过你还性急了点，你倒地倒得太快了，碰瓷技术还不算高……"汤总变本加厉地嘲讽道。

周围马上聚集了一群人。听到汤总的冷嘲热讽，大家都非常不满。有人指着汤总骂："有钱人了不起啊？这样对待老人，太不像话了！"有人高喊着："老人脸上还在流血，赔钱赔钱！"有人悄悄打电话报了警。

一会儿，交警到了。

"这人不懂得尊重别人，太伤人心了！交警你给评评理，评评理！"老头指着汤总对交警说。

交警登记了两人的基本情况以及联系电话，检查了老头的伤势，发现并无大碍。但面对围观群众一浪高过一浪 "这样对待老人，必须惩罚""赔钱赔钱！不赔钱就砸车"的呼喊，汤总害怕了。为了息事宁人，他连忙掏出一千块钱塞给老头，然后偷偷溜之大吉……

老头含着泪给围观群众鞠躬，连连说："谢谢！谢谢大家！"得胜的围观群众笑了，现场响起一片掌声！

汤总赶到公司门口，下了车，吐了一口痰自言自语道："呸！碰瓷碰瓷，不就是为了几个钱吗？"他刚说完就又马上惊讶地张大嘴巴：原来，他拿出去的一千块钱，此刻原封不动地躺在他的衣袋里！

汤总正纳闷，手机提示收到短信。汤总连忙打开——

"我就是刚才那老头，交警登记联系电话时我暗地里记下了你的手机号码。我想告诉你三件事：第一，我没有碰瓷，是你突然摁喇叭，我受了惊吓而倒下，我患有心脏病；第二，我把钱还给你，我要挣回的是这个理，不是钱；第三，我以捡破烂为生，虽然很穷，但穷人照样有志气有尊严！"

汤总反复读着短信，脸红了……

（本文发表于《北京文学》精彩阅读版2015年第6期、《越南华文文学》2015年第1期，被2015年10月9日《沧州晚报》等转载，入选2015年崇文书局《最受中学生欢迎的佳作年选·小小说》。）

英　雄

　　为倡导见义勇为，弘扬社会正气，县里决定开展"十佳英雄"评选表彰活动。经过层层筛选，初步确定了名单并进行公示。然而在公示的最后一天，县评选办的李主任接到一个神秘电话："李主任，这次评选的英雄虽然都不错，但比起夹皮沟乡旮旯村牛大爷的事迹，那还差得远。听说近年来他在旮旯河救起失足落水者上百人，村里每年都要给他开庆功会……"

　　李主任感到很意外："不会吧？我们怎么没听说过？夹皮沟乡政府怎么也没有推荐报送呢？"

　　"夹皮沟乡是全县最偏远的乡，旮旯村又是夹皮沟乡最偏远的村，很多事情，可能县上和乡里并不清楚，你们自己去了解情况吧……"

　　事不宜迟，李主任决定亲自到旮旯村走一趟。这个时候正是酷夏，太阳很毒。李主任好不容易来到清澈的旮旯河边，咕噜咕噜地灌了一肚子的水。奇怪的是，这么热的天，旮旯河里竟然没人游泳。李主任问了一位正在锄地的村民，村民说："我们这里习惯晚上下河游泳，白天当然看不到。"

　　李主任又问："大伯，我是县上来的干部，来找专门下河救人的牛大爷。请问他住在哪里？您能给我们介绍一下他的情况吗？"

　　一听是找牛大爷，村民乐呵呵地说："真巧！村里今天正给他开庆功会呢！我现在就带你去，让村支书老杨给你介绍情况！"

只一袋烟工夫，他们便来到了旮旯村村委会办公室。李主任看见，主席台上坐着村支书老杨和戴着大红花的牛大爷，牛大爷傻傻地笑着。不过，台下只稀稀拉拉坐着十几个人，场面不是很热烈。

李主任和老杨、牛大爷一一握手。得知李主任来意后，牛大爷得意地说："是呀，我在旮旯河边救的人，起码超过一百呢！村里年年给我开庆功会，我光荣着呢！哈哈，我这又去救人去！"说完撒腿就跑。老杨连忙叫一个参会的小伙子跟着去。

这是怎么回事？李主任一头雾水。老杨叹口气说，牛大爷是个心地善良的孤寡老人。几年前，有个孩子在旮旯河边玩，不小心掉进河里，幸亏被路过的牛大爷发现。牛大爷不会游泳，忙喊"救命"，可周围没有人。牛大爷急得只好自己跳下河救人。牛大爷费了九牛二虎之力把孩子顶上岸，但自己因呛了太多的水昏了过去。等到村民赶来把牛大爷救上岸，他的命虽然保住了，但神志从此出了问题。他常常在旮旯河边巡视，见到游泳的也误以为是落水者，毫不犹豫跳下去救人，并为此自豪，经常给村委会报告"英雄壮举"。

老杨叹口气接着说，牛大爷因为救人变成这样，大家感到既内疚又难过。为了维护牛大爷的"自尊心"，大家一致承认他的"英雄壮举"，村里每年都要组织几个他"救"下的"落水者"代表，给他开一场庆功会，让牛大爷高兴高兴……

"难怪这里的村民习惯晚上下河游泳，这是躲着牛大爷，担心他盲目下河救人，危及他的安全呀！"李主任恍然大悟，感到眼角湿润……

时间不早了，老杨将李主任送到村口，李主任握住老杨的手，动情地说："老杨，明年开庆功会的时候，请通知我也参加……"

（本文发表于 2012 年 8 月 8 日《重庆日报》农村版，入选 2013 年新华出版社《传递正能量：最好看的廉政小小说 100 篇》，获 2013 年第二届"时代颂歌"全国诗文书画大赛一等奖。）

钥 匙

　　柱子到城里办事，不料路上出了车祸，手脚全废，下半生只能躺在床上了。二狗在村里听到这个消息，第一感觉竟然是幸灾乐祸……

　　二狗和柱子在一个村长大，小时候是好朋友。长大后，两人同时爱上了村里最漂亮的姑娘菊花，但菊花最终嫁给了柱子。二狗认为，菊花作这样的选择，是因为看上柱子家有果园有鱼塘，比二狗家阔多了。于是二狗恨上了柱子，认为是柱子抢走了他的幸福。

　　二狗发誓要超过柱子。经过几年努力，二狗终于有了自己的小果园和小鱼塘。虽然脱了贫，但比起已经建起水果加工厂和渔产品加工厂的柱子，二狗知道自己差远了。羡慕、嫉妒、恨，使二狗抬不起头来。

　　现在，柱子的人生算是完了，二狗长长地舒了口气。二狗唱着歌儿到果园修剪枝条，到鱼塘抛洒草料，感觉很惬意。

　　但这种感觉没有维持多久，二狗的心情就黯淡下来。二狗想，柱子都这样了，菊花不知道有多痛苦，二狗不禁暗暗为菊花担心。

　　二狗想，不去看看柱子，也应该去看看菊花啊。这样一想，二狗便买了些礼品，来到柱子家。

　　柱子睡过去了，菊花安静地守在床边。二狗看见菊花果然瘦了，两眼红肿。菊花责怪说："柱子从医院回来后，村里人都来遍了，你怎么现在才来呀？"

　　"我这不是忙果园和鱼塘的事嘛。"二狗敷衍着，发现菊花盯着自己，眼睛闪着异样的光。

　　为了不打扰柱子休息，菊花把二狗拉到外间。时间悄悄滑过，两人不知道聊了多久。"我以后的日子可怎么过呀？"菊花不时流泪，看得二狗也鼻头发酸。菊花送二狗出门时，忽然递给二狗一把钥匙，说："今天晚上我一个人到加工厂去住，这是厂门钥匙，给你……"说完跑了。

二狗晕乎乎的，不知道自己怎么回的家。像做梦一样，这幸福来得太突然了！他兴奋地洗了个澡，巴不得太阳马上落下山去，巴不得月亮马上出来！

但这种感觉也没有维持多久，二狗的心情就黯淡下来。二狗走在加工厂路上，夜风吹送，他的头脑清醒了许多。他想起小时候和柱子一起玩的情景，想起了好几次柱子想收购自己家的水果和鱼，甚至想拉自己入伙，一番番好意，都被自己拒绝了。自己这样做，对得起柱子吗？想到这些，二狗的步子缓了下来。

不知不觉，二狗已经来到水果加工厂。从外面看，厂里果然只有一间宿舍亮着灯光。二狗试着一推工厂大门，竟然没有上锁！二狗一愣，一下子清醒过来。

难道菊花比自己还猴急？柱子还躺在病床上，她怎么能这样！菊花清纯漂亮的形象，一下子在二狗心里倒塌了。二狗摇摇头，长长地叹了口气。他认真地把工厂大门锁好，把钥匙丢在门内，无言地离开了。

第二天一大早，菊花就带着村长等人来叩响了二狗家的门。村长笑着说："二狗呀，柱子和菊花准备把他家的水果加工厂和渔产品加工厂交给你打理，一来你自己有果园有鱼塘，有基础，懂技术；二来听说你刚刚通过了他们的特殊考验，交给你放心……"

（本文发表于2013年6月14日《重庆日报》农村版。）

秘 密

柱子和菊花在一个村里长大。虽然两家都很穷，但他们两小无猜，青梅竹马，过着简单快乐的乡村生活。眼看到了谈婚论嫁的地步，菊花娘却不再给柱子好脸色，也不再允许菊花和柱子来往。

柱子很纳闷，很快弄清楚事情缘由：原来，来村里招工人的青年企业家王财看上了漂亮可人的菊花，向菊花娘提亲，菊花娘想都没想就答应了……

菊花起初是很反感王财的，但王财向她发起了猛烈的爱情攻势：今天送鲜花，明天送发夹，后天送香水，还言语得体，很有绅士风度。对于菊花的破口大骂，他不但一点也不生气，还好言安慰，轻言细语解释。菊花把鲜花、发夹、香水丢出门外，他也不恼，而是小心翼翼地捡起来擦干净带回厂。

对待柱子，王财却是另一副面孔。王财轻蔑地说："柱子啊，你家条件那么差，你凭什么跟我争？是男人就出去闯出个人样，再回来跟我争吧！"气得柱子牙齿咬得格格响。

柱子受了气，便责怪菊花嫌贫爱富，与菊花闹别扭。时间一长，菊花受不了，渐渐地不搭理柱子。柱子叹了一口气，心一横，果真打起铺盖卷出去闯世界了。

菊花为此大哭了一场。

时光飞逝，转眼间几年过去了。柱子成了家，妻子小翠贤惠善良，不管是在家侍奉公婆，还是在地里种庄稼，里里外外都是一把手，让在外打工的柱子感到格外欣慰放心。

柱子暗暗发誓：自己一定要拼命赚钱，回家把旧瓦房推倒，重建新楼房,让小翠过上好日子!

就在柱子攒足了钱,准备动身回家建新房的时候,柱子接到一个电话,号码很陌生。柱子一接听,心猛地颤抖了一下:原来,电话竟然是菊花打来的!

菊花哭着说,自己患上了绝症,手术费需要几十万,希望柱子顾念旧情,借钱帮她渡过难关。

听说菊花患上绝症,柱子感到心口很疼很疼,但他嘴上还是很硬地说:"你的老公王财不是大厂长吗?你家怎么会想起跟我这个穷人借钱?"

电话那头,菊花哽咽着说,王财太轻信人,被生意合作伙伴骗得倾家荡产,现在还欠下一屁股债。生意合作伙伴不知去向,警方通缉也毫无结果,菊花家现在到了走投无路的地步了。

柱子一听心立刻软下来,差点掉下眼泪。他回答说:"菊花,菊花,我不帮你我会一辈子内疚的,我马上把款打给你!"

电话那头哭得更厉害了……

多年后的一个傍晚,残阳如血。满脸皱纹、处在弥留之际的菊花躺在床上,对守候在床边抹泪的柱子说:"柱子,我走之前,有一个秘密要告诉你。我当年找你借钱,并不是我患上了绝症,而是王财!我知道你爱我爱得深,恨王财也恨得深,你不会借钱给王财。为了得到你的帮助,我骗了你,请你原谅我……"

柱子听后轻轻摇头说:"菊花,菊花,我都知道。你得了绝症,我怎么放心得下?我偷偷跑到医院来看你,却看见躺在病床上的是王财!我没有惊扰你们,而是默默回去了。我犹豫了好久,最终还是把打工挣的钱全部打给了你们,你的幸福是最重要的……"

菊花听了笑了,眼里闪着异样的光,看上去是那样的陶醉幸福!

又过了几年,白发苍苍的柱子也病倒在了床上。柱子颤巍巍地拉着小翠的手说:"小翠,小翠,我走之前,有一个秘密要告诉你。当年我的工钱并没有被黑心老板昧掉,而是借给了菊花的老公王财做手术。结果因为没有钱维修自家的旧瓦房,害得你被突然倒塌的那间偏房砸伤了腿。我骗了你,请你原谅我……"

小翠听后轻轻摇头说:"柱子,我都知道。当年王财偷偷还我的钱,说他的生意合作伙伴被警方找到,他的损失得以追回。我没有拆穿你的谎言,而是把钱存起来,留给儿子读大学用。后来我们经过努力,不是把新楼房也建起来了吗?你是好人,和你共度一生我觉得很幸福……"

柱子听了笑了,长长地舒了口气,像是卸下了千斤重担。他望着心爱的小翠,眼里闪着异样的光,看上去是那样的陶醉幸福……

(本文发表于《小小说大世界》2015年第6期。)

桃 模

桃果村,顾名思义,因盛产桃果而得名。整个村山上沟下,土里田外,都种满了桃树。桃果村人栽种桃树的历史很悠久,村口那棵枯死风干的老桃树,据说已有好几百年的历史。这里的桃果品种也繁多,黄桃、毛桃、油桃、蟠桃等,应有尽有。

今年,桃果的成熟期又快到了,漫山遍野的桃果红里透白、白里透亮,发出诱人的光芒。张老支书叼着老烟袋在村里转悠,不禁又喜又忧:喜的是又逢上大丰收年,忧的是桃果的销路。因为桃果村地处穷乡僻壤,交通不便,这里的桃果销售渠道窄,价格向来便宜,因此桃果村人并不富裕。

张老支书正一筹莫展,在外出差的村委会李主任和村会计小霞回来了。李主任兴冲冲地说:"这回我们到大城市考察长了见识,受到启发，想出了一个推销桃果的好办法。"

不等张老支书发问，小霞就连珠炮地说："我们可以举办一个桃果节，邀请各地水果经销商来洽谈生意。当然我们还要邀请各类媒体来宣传，扩大影响……"

张老支书认真听完，紧皱的眉头终于舒展开来。他笑呵呵地说："还是你们年轻人脑筋活络，有办法，我支持你们！马上召开村民大会，干部群众一起商量怎么干！"

说干就干，村民大会连夜召开。听说要举办桃果节，村民们都觉得很新奇，很兴奋。大家七嘴八舌地出主意，会场闹哄哄的，都不知道听谁的了。正乱着时，村里的"赛诸葛"阿强举着一个小喇叭吼起来："大家静一静，我出一个主意，我们举办桃果节，必须充分发挥村里女孩的作用！车展要火，必须有车模；房交会要火，必须有房模；我们的桃果节要火，必须有桃模！"

桃模？大家你看我，我看你，稍愣了一下，都不禁点头叫好。村里桃树婀娜，桃果味美，桃花飘香，或许因为受了这滋润，村里的女孩都别有一番风姿。这次当桃模，那可真是派上了用场！

"好！村里的女孩全部当桃模！在外面打工的，全部喊回来，为村里争光！"张老支书一锤定音。

"如果女孩不够，少妇、半老徐娘也要上！"李主任一句补充，逗得大家哈哈大笑。

经过紧张筹备，桃果节终于隆重开幕了！因为这活动得到乡里甚至县里的支持和宣传，桃果村吸引了好多远道而来的客人：除了水果经销商，还有各级领导、媒体记者，数不清的游客，甚至还来了几个文化采风团。

望着村里一望无垠的桃林，客人们不禁心旷神怡；看着树上挂满的鲜香欲滴的桃果，客人们不禁垂涎三尺。然而，令客人们真正呼吸急促、心跳加速，把眼睛睁得比铜铃还大的，是树下那一个个摇曳多姿、风情万种的桃模！

这些桃模大都黑发齐腰，身若桃枝、胸若桃果、面若桃花，没有搽脂抹粉，没有矫揉造作，是一个个自然大方的清纯玉女，是一个个原生态的美人坯子！客人们在城市里阅美女无数，已经审美疲劳，今天见到这天仙般的桃模，感觉是那样的震撼！

一下子，桃模们被围得水泄不通。长枪短炮对准她们，游客们提出无数的问题和她们交流，都想揭开这神秘的面纱——

"你们太漂亮了，请问这和长期吃桃有关吗？"

"请问你们从不用化妆品吗？"

"你们都拥有魔鬼身材，请问有什么秘诀吗？"

"你们有兴趣做演员吗？"

"我想请你做我的企业形象代言人，可以吗？"

……

这边热火朝天，那边的桃果销售无人问津。桃果节结束，桃果村的桃果销售跟去年相比差不了多少，气得张老支书一阵咳嗽，差点背过气去。

令人意想不到的是，桃果节没有把桃果捧红，却把村里的桃模们捧红了。一张张迷人的靓照出现在电视、报纸、网络上，桃模们的生活从此打破了宁静。桃模们有签约做影视演员的，有签约唱片公司的，有签约做时装模特的，有签约品牌代言的，不一而足。好多记者、商家、导演、文化经纪人来到桃果村，都不想离去。

没过多久，桃果村建起了桃模影视基地、桃模旅游文化基地，成立了桃模文化公司，公司下设模特队、农家乐、休闲中心等，桃果村人的腰包逐渐鼓了起来。至于桃果好不好卖，连张老支书都不是很关心了。

根据大家的意愿，桃果村后来更名为桃模村。

（本文发表于《民间传奇故事》A版2013年第5期，被《新智慧·故事精》2013年第3期等转载。）

神 鸟

这天，二憨到山上采药，在一棵被雷击后的枯树下，看见一只一动不动、浑身是血的小鸟。二憨动了恻隐之心，就用山泉给小鸟清洗伤口，敷上草药。小鸟醒了过来。"主人，谢谢您救了我！"小鸟开口说话，把二憨惊得一屁股跌坐在地。

"主人别怕，"神鸟喘口气说，"我是住在枯树洞里的神鸟，因为雷击而受了重伤。您救了我，从此您就是我的主人！"

二憨满心欢喜，带上神鸟走下山去。

走到半山腰，神鸟催促说："主人，走快一点儿吧，马上要下雨了。"

二憨望望天，摇摇头，笑了：此刻烈日当空，万里无云，怎么可能下雨呢？

但没想到，几分钟后，天色大变，天空果真下起雨来。二憨不禁暗暗称奇：这神鸟不愧为神鸟，竟然有预知未来的本事！

二憨想找个地方避避雨，神鸟忽然惊喜地说："主人，前面的松树下有一个皮包，里面装有现金十万！快快快，主人您发财了！"

真这么神？二憨心里嘀咕着，将信将疑地望望前面，加快了脚步。

来到松树下，果然发现一个皮包。二憨连忙打开，里面果真装有现金十万！这下，二憨算是彻底信服了神鸟先知先觉的本事！

见二憨站在树下不离开，还东张西望，神鸟很着急："主人快走呀，待会儿失主回来就麻烦了。"

二憨摇摇头回答："这钱不是我的，我不能拿，我娘教我的。我要在这里等失主。"

神鸟劝道："可您有了这钱，不但可以送老娘到大医院看病，用不着再上山采草药，而且可以建新房，讨媳妇不再难了呢！"

一想到建新房、讨媳妇，二憨吞了吞口水。但迟疑片刻，二憨仍然摇头："这钱不是我的，我不能拿，我娘教我的。我要在这里等失主。"

神鸟叹了口气。一会儿，失主急匆匆地赶回来了。二憨把皮包交给他，那人千恩万谢，走了。

二憨和神鸟继续往山下走去，到山下时，雨还没有停。

"救命！救命！快来人呀！"前面不远的河边，忽然传来一个中年妇女的呼救声。二憨定睛一看，原来河里有个男人正在扑腾挣扎！

看见二憨，中年妇女像逮着了救星，哭喊道："兄弟，快救我老公性命！我老公不会游泳啊……"

命悬一线，十万火急！二憨连忙跑上前去，二话不说，便想跳下河去！

没想到神鸟高声劝阻道："主人跳不得！跳不得啊！你会死的！"

二憨一愣："我的水性挺好的，怎么会死？"

神鸟声音发抖："河里的男人已经被水呛迷糊了。你去救他，他会牢牢抓住你的双手，让你动弹不得。他的力气很大，你们，你们会双双沉入河底的……"

二憨一下呆住了。神鸟预知未来的本事，他是领教过的。怎么办？怎么办？二憨额角渗出了汗！

见二憨犹豫不决，中年妇女跪下了，哭得更厉害了："兄弟，求求你了……"

不能见死不救啊！我娘教我的。二憨横横心，决定跳下河去！

"不能跳啊，主人！"神鸟哀嚎道，"你生我生，你死我死！你如果死了，我也会马上死去！可我不想死啊……求求你了……"

"救人要紧，我顾不了那么多了！"二憨说完这句话，"扑通"一声跳进河里，奋力向落水男人游去！

然而，二憨刚接近男人，男人便抓住了二憨的双手！二憨叫男人不要惊慌，听从他的安排，但是那男人已经神志不清，丝毫不听。男人的力气果然大得惊人，让二憨动弹不得。一会儿，二憨没有了力气，二憨和男人双双下沉……在河水漫过头顶的刹那，二憨听见了神鸟绝望愤怒、撕心裂肺的哀嚎："主人，你这头蠢猪！你该死！可我不想死啊……"

二憨醒来的时候，已经躺在河岸上，身边聚集了一群当地村民。大家见他醒来，都高兴地鼓掌。原来二憨和落水男人被赶来的村民救活了，二憨舒了口气。

二憨看看神鸟，发现它已受惊吓而死。二憨把它丢进河里，不屑地说："哼，算什么神鸟！老子现在不是活得好好的吗？"说完挽起全湿的衣袖裤腿，高高兴兴地回家去……

（本文发表于2014年3月21日《未来导报》、2014年9月27日苏里南《中华日报》。）

我要裸奔
Woyao Luoben

第二辑

【导读】

夸张搞笑、荒诞怪异、轻松好读是幽默讽刺小小说的重要特色。本专辑收录的小小说，发表后大部分被各级各类网络媒体及文摘类报刊杂志争相转载，深受广大读者喜爱。

七仙女再下凡

七月七日的鹊桥会又到了，七仙女高高兴兴地来到鹊桥上，然而她从早晨等到傍晚，也没有等到董永的到来。七仙女很着急，拿起天庭手机给董永打越界电话，电话那头回复是"对不起，您拨打的用户已昏迷，请稍后再拨"。

董永怎么了？为什么昏迷？七仙女担心董永安危，芳心如焚。她决定再次瞒着王母娘娘，私自下凡！

七仙女快速飞落，却始终看不清云层下的村庄梯田。原来，从天庭到人间，被一层又一层厚厚的雾霾笼罩着。七仙女睁大眼睛，眼都酸痛了，也无济于事。七仙女只得放慢速度，不敢飞快了，唯恐撞着什么。但就是这样小心，脚一下子还是碰在石头上，起了个大青包，原来已经着地，到村口了！

天上一天，人间一年。七仙女上次下凡，回天庭已经很久，人间已过千年。人间的变化可真大呀！七仙女抬起头，发现天空是灰色的，不再是蓝天。村口那些一望无垠的参天大树不见了，取而代之的是一排排高烟囱，正向天空吐着黑烟。最奇怪的是，身边不时有行人走过，但大都戴着口罩！

"这是怎么回事？你们都有病吗？"七仙女关切地问。

"你才有病！弱智！不戴口罩，不怕雾霾有毒吗？"一个大婶取下口罩讥讽地说，同时快速戴起口罩。

"那些高烟囱是谁家的呀？修这么高干啥？"仙女就是仙女，不但不生气，还继续不耻下问。

一位卖苹果的大爷主动回答说："你是过路的外地人吧？告诉你，那些是塑料厂、水泥厂、化工厂。"

七仙女一看大爷的苹果，很有食欲，就掏出铜钱来想买一个。大爷一看铜钱笑了，大方地说："没钱吧？我送一个给你，拿去吧。"

七仙女连忙谢过，拿起就啃。大爷大惊失色，但阻挡已经来不及。大爷说："我们这里的水果受到严重污染，必须煮了才能吃，不然会生病的！你现在已经吃了，应该马上到村卫生室去打一针。"

七仙女微微一笑，心想我是仙女，哪这么容易生病呀？虽然这样想，但还是感到身上有些不适。她认真一看，这才注意到自己一身灰尘，洁白的纱衣几乎变成了抹布。七仙女的衣服和身体可从来没有这样脏过，七仙女很气恼，连忙跳进村后山的水潭洗衣洗澡。七仙女上次下凡时，最喜欢在这里洗澡了。现在，这水潭浑浑的，还散发怪味，七仙女不禁皱起了眉头。

清洗完毕，穿上晾干的衣服，七仙女忽然感到心跳加速，脸发热，呼吸急促。这种情况，七仙女从来没有出现过。七仙女有点害怕，连忙跑向村卫生室。却见这里人山人海，前来就医的排起了长队。在第100号治疗室，七仙女一眼看见董永在输液，夫妻相见，惊喜万分，紧紧地抱在一起……

董永说，他正准备参加鹊桥会，路过村后山的水潭时，不小心摔了一跤，跌进了水潭。爬上岸后，就昏迷了。村民发现后，送到这里来治疗，刚醒过来……

"你不是会游泳吗？怎么会弄成这样？"七仙女不解。

"哦，不是会不会游泳的问题，是因为水潭里全是塑料厂、水泥厂、化工厂趁夜间或者下雨排放的废水毒液，我中毒了。"董永苦恼地说。

七仙女顿时感到心跳更快，脸更烫，呼吸更急促："我刚才还在里面洗了澡呢，现在浑身不舒服……"

"什么？你竟然在水潭里洗过澡？完了！"董永大叫一声，又昏迷过去……

（本文发表于《小说月刊》2013年第8期，被《新智慧·故事精》2013年第11期等转载，入选2015年中国出版集团现代出版社大型文学读本《岚·第二卷》。）

唐伯虎赏画

唐伯虎听说人间画家如云，绘画事业欣欣向荣，不由得心痒难熬。特别是听说当今的大款大腕大官喜欢收藏名人字画，不由得心花怒放。他偷偷溜出属于他的那个世界，来到人间赏画。

唐伯虎来到大街上，见一个戴着眼镜的中年男子正在摆地摊卖画，生意很清淡。唐伯虎蹲下身一看，这些画的水平实在不怎么样：虽然色彩明亮，但毫无层次；虽然山、水、鸟、鱼俱全，但有形无神。唐伯虎眉头一皱，问："你画一幅画，需要多长时间呀？"

"我画画很快的，一天最多可以画上百幅，画友们都称我是画坛里的神行太保戴宗。" 眼镜得意扬扬地说。

唐伯虎眉头更紧了，叹息说："如此急功近利，怎能出好作品？画一幅好画，有时候需要一个月，有时候需要一年。"

眼镜一听大为火起，指着唐伯虎的鼻头说："你这不是骂我的作品水平差吗？哼！你这有眼无珠的家伙，你到那些美术作品展览馆看看，那些名家作品还不如我呢！况且，用一个月甚至一年的时间来画画，那我还不饿死呀？神经病！"

唐伯虎碰了一鼻子灰，摇摇头，来到一家豪华气派的美术作品展览馆。这里游人如织，大家正津津有味地欣赏着美术大赛的获奖作品。唐伯虎仔细一看，不由得一阵苦笑。这些获奖作品中，除了获鼓励奖的几幅画质量稍微过得去，其他的都不值得一看，果然还没有摆地摊的眼镜画画功底强。"这些作品，怎么能获奖呀？" 唐伯虎挺纳闷，自言自语地问。

"这么简单的规则你都不懂？"一个秃顶老头接过话头，指着画解释说："这获特别荣誉奖的，作者是文化局局长；这获一、二、三等奖的，作者要么是美术家协会的头头，要么是政府部门的领导，要么是大赛赞助单位的大款。这些管画画的领导和赞助画画比赛的大款，精力怎么可能用在画画上呢？"

"这些画一文不值，有什么意义？"唐伯虎很生气，准备拂袖而去。

"一文不值？那可不一定，" 秃顶老头拉住唐伯虎，说，"你不懂行道吧？你到字画拍卖会看看，哪些作品能拍卖出天价，还难说得很呢！"

唐伯虎疑惑地来到规模盛大的字画拍卖会现场，挤到了会场最前面。他随意浏览了几幅摆在台上的画，不禁大为失望。他正想离去，忽然传来拍卖师洪亮的声音："下面拍卖明代著名画家唐寅唐伯虎的作品《忽悠》，这是最近出土的古名画，经权威专家团反复论证，确认为唐伯虎封笔之作！" 唐伯虎一听差点眼珠掉地上，自己什么时候画过这样的画呀？唐伯虎仔细一看那幅《忽悠》，完全是一幅彻头彻尾的低俗之作！唐伯虎正想发话，但见会场沸腾，好多人争买这幅名作，最后，这幅《忽悠》以800万的天价售出，令唐伯虎哭笑不得。

唐伯虎怀着复杂的心情，再次准备离去，忽然传来拍卖师更洪亮的声音："下面拍卖当代画家富二代的作品《超忽悠》，底价800万！"

这么高的底价？唐伯虎一听眼珠差点再次掉地上！他仔细一看那幅《超忽悠》，不禁哑然失笑。自己刚学画画时，水平也比这幅画水平高！这样的垃圾，怎能卖得出去？

然而，唐伯虎错了。会场上有几个人不断提高报价，《超忽悠》最后以8000万成交！记者们蜂拥而至，长枪短炮对准了《超忽悠》的作者富二代，富二代一下火了！

"这是怎么回事？这是怎么回事？"唐伯虎迷茫地看着这闹哄哄的场面，感到脑袋很疼。身边一瘦猴好像很知情，他得意地对唐伯虎说："看不懂了吧？这叫炒作！富二代的爸爸是大款，他把作品拿到这里来拍卖，是自卖自买！那几个不断提高报价的，全是他请的托！这样一炒作，富二代的名气比唐伯虎还大……"

瘦猴的话还没说完，唐伯虎已经气得口吐鲜血，跌倒在地……

（本文发表于2013年6月2日《吴江日报》，被《新智慧·故事精》2013年第9期等转载。）

马特厨

"王总，马特厨又惹事了！"胖厨师长连门也忘了敲，就急匆匆地闯进总经理办公室，一边擦汗一边气喘吁吁地说。

"他是不是熬高汤时又忘了加一滴香，清汤寡水的就把煲汤端到餐桌上了？"王总生气地说。

胖厨师长摇摇头回答道："不是……"

"那他是不是做宫廷嫩牛肉时，又把还未用牛肉膏熬制好的母猪肉直接拿来爆炒了？"王总提高声调更加生气地说。

胖厨师长还是摇头："也不是……"

"那他一定是又忘了用福尔马林浸泡新买的海鲜、血旺、豆芽、毛肚，导致这些东西都腐烂变质了！"王总狠狠地摁掉了手中的烟头。

"还不是。"胖厨师长解释道，"刚才，有一包间的客人发现炒菜里有条青虫，要求换菜。这菜是马特厨炒的，他竟跟客人争辩说，菜炒好后他翻检过了，已经找出了两条青虫，不可能再有了，一定是客人栽赃陷害，骗吃骗喝。气得客人马上要举报，幸好餐厅大堂经理打圆场，当场答应赔偿，这才把事情平息下来。"

"这个马特厨怎么笨得像猪一样！上次我父母、弟弟妹妹来酒店看望我，是马特厨做的菜。他竟然把给客人用的地沟油给我们用上了，害得我老母亲拉肚子拉了两天，想起来真是气死我了！"王总捶胸顿足说。

"唉，我们酒店人员吃的食用油和给客人用的地沟油分别作了标记，但马特厨不识字，所以才出了这么个大错。"胖厨师长叹息说。

"不识字？他是文盲？那他这个特级厨师资历是怎样来的？"王总惊异地问。

"他的背景深着呢……听说，他有个嫡亲在卫生局当领导，他的特级厨师证就是通过这个渠道腐败来的呢。"胖厨师长神秘地说。

"哦，那还差不多，你看这什么素质……要不是卫生局局长亲自介绍他来我们这个酒店工作，我早就叫他滚蛋了！"王总气鼓鼓却又无可奈何地说。

"王总，我倒有个主意。"胖厨师长眼珠一转，献媚地说，"这马特厨待在厨房里，迟早有一天会坏大事。他不是背景深着吗？不如用其所长，另外安排他一个合适的工作岗位……"

"哎呀，对！"王总一拍脑袋，高兴地说，"我马上提拔他当迎检部部长，专门负责迎接卫生部门对我酒店的各种检查！"

（本文发表于《四川文学》2011年第8期，被《快乐青春·绝妙小小说》2011年第11期、《喜剧世界》下半月版2012年第6期等转载。）

行行好给点吃的吧

我是个文学爱好者,我做梦都想当作家。我不停地写作,却总是收到退稿信。我多么渴望我的作品变成铅字啊!

这天又收到一封杂志社来信,我无精打采地拆开,却高兴得差点跳起来!原来信上写着:殷贤华先生,您的大作《行行好给点吃的吧》已过终审,将于近期隆重刊登。我刊还将按特优稿标准给予您高额稿费,特此报喜。落款是《宇宙文学》杂志。这不是做梦吧?要知道,《宇宙文学》是比《国家文学》《世界文学》《地球文学》《太阳系文学》还高级的文学杂志,是当今文学界权威!我的作品能在上面发表,那简直是一步登天啊!

就在我沉浸在万分喜悦之时,《宇宙文学》又来信了。信上写道:殷贤华先生,鉴于大作《行行好给点吃的吧》艺术水准较高,经研究刊发时配发评论。本刊坚决反对版面收费,但著名评论家的评论费888元由作者承担,望理解。

不但发表作品,还配发著名评论家的评论,这实在是大好事。评论费由作者承担虽然不爽,但转念一想,当前文学杂志经营困难,作者也要体谅杂志的难处。想到这里,我高高兴兴地汇了款。

就在我欢欣等待样刊和高额稿费的日子里,《宇宙文学》又来信了。信上写道:殷贤华先生,鉴于大作《行行好给点吃的吧》所展示的艺术成就,本刊拟聘您为特约副总编,请速填好登记表,连同相关费用8888元速寄本刊办理手续。

没想到一篇作品,竟让我当上《宇宙文学》的副总编,成了该刊的领导!这对于文学青年来说,诱惑实在是太大了!我咬咬牙汇了款。

不久《宇宙文学》又来信了。这回寄来了烫金的喜报,上面写道:殷贤华副总编,鉴于大作《行行好给点吃的吧》所展示的艺术成就,本刊决定隆重举办《行行好给点吃的吧》作品研讨会,届时将邀请全球诺贝尔文学奖获得者出席盛会!请速寄88888元到本刊研讨会筹备处,并做好出席会议相关准备。

这真是让我欢喜让我忧。喜的是我不但发表作品,还召开作品研讨会,这实在是太荣耀了。忧的是我一个打工仔,目前租房住,多年省吃俭用,存款也不到10万。如果用来缴研讨会费用,我可就掏光了家底。

就在我举棋不定,准备忍痛放弃研讨会的时候,《宇宙文学》又来信了。信上写道:殷贤华副总编,鉴于大作《行行好给点吃的吧》所展示的艺术成就,研讨会上将为您颁发"宇宙文学终身成就奖",奖品价值十万。特此报喜。

终身成就奖!得一次奖,可以荣耀一辈子啊!何况还有价值十万的奖品!这喜报来得真及时啊,我一下子像服用了定心丸,马上去汇了款。

我跟单位请了假,踏上了充满自豪、幸福、期待的路。在火车上,我吃着方便面,满脑子闪过的都是鲜花、掌声和美丽的光环!

《宇宙文学》举办的作品研讨会暨"宇宙文学终身成就奖"颁奖会隆重举行。面对镁光灯,踩着红地毯,我的头都晕了。在鲜花和掌声中,令我感到意外的是:研讨会作者竟有几百人,他们也担任着特约副总编职务。原来,本次研讨会研讨的是几百人的作品!而更令我感到意外的是——颁发给大家的"宇宙文学终身成就奖"奖品,就是刊有研讨会作者作品的《宇宙文学》增刊,厚得惊人,每本定价一万元,每人奖励十本!

作品研讨会暨"宇宙文学终身成就奖"颁奖会结束,我已经身无分文。我把十本大部头书拿到当地书店,希望书店代销九本,我自己留一本作纪念,因为里面刊载有我的大作《行行好给点吃的吧》。书店老板笑道:"送我也不要,一万元一本,神经病才买!"

别无他法,我只得把十本大部头搬往废品收购站。哪知道路上一场突发的大暴雨,将我的书淋得稀烂。

我欲哭无泪。

我茫然地在街上走着,不争气的肚子饿得直叫唤。来到一家包子店,饿得实在受不了的我不由自主伸出双手:"行行好给点吃的吧……"

(本文发表于《北方文学》2013年第1期、《小说界》2013年特辑增刊,被《现代青年》细节版2013年第10期等转载,入选花城出版社《2013中国微型小说年选》、北岳文艺出版社《2013年小小说选粹》、2015年中国出版集团现代出版社大型文学读本《岚·第二卷》。)

讨要稿费不容易

这天,我正在上厕所,电话铃声忽然响起,惊得我都尿歪了。我不高兴地接过电话,原来是一个外地文友打来的:"殷贤华兄,祝贺你呀!《中国缺德文摘报》又转载了你的大作!我正在拜读呢!"

"哦,是这样呀。"我敷衍着回答。事实上,我的原创作品发表后,经常被一些文摘类报刊转载,但大都没有经过我同意。有的不但不给我寄稿费,还胡乱篡改标题,任意删减内容,有的甚至把作者姓名都隐去了,弄得我很不愉快。

"哟,你一点都不惊喜呀?"文友感到很意外,"我是《中国缺德文摘报》老订户,近年来这报纸至少转载了你一百篇作品,给你的稿费至少上万吧?"

"什么？这报纸至少转载了我一百篇作品？"我大吃一惊。本地报刊亭没有《中国缺德文摘报》卖，我从不知道自己的作品被这报纸转载过，我也从没有收到过这报纸的一份样报和一分钱稿费。

我立刻打开电脑，上"百度"和"搜报网"一搜索，发现这报纸果然转载了我一大批作品。一分钱稿费都不付给原作者，这报纸太过分了！我怒气冲冲地抓起电话，按照文友提供的电话号码打了过去。

接电话的估计是个没睡好觉的小妹妹，因为我在电话里老听见她的哈欠声。我把事情的来龙去脉详详细细述说了一遍，口水都干了，她才懒洋洋地回答："殷贤华作家，您那边电话声音太小，我没有听清楚，麻烦您再说一遍！"

我哭笑不得，只得按捺住火气，连喝了几大口白开水，把事情的来龙去脉再次详详细细述说一遍。

"哦，是讨要稿费呀……我们这里是编辑部，只负责编发稿件。至于稿费发放问题，要不打到财务部问问吧。"电话"啪"的一声挂了。

有什么办法，那就再打到财务部问吧！我再次按捺住火气。

"哦，是讨要稿费呀……我们这里虽然是财务部，但只负责本单位职工工资发放等内部财务。至于稿费发放问题，要不打到通联部问问吧。"对方说话速度太快，我甚至没有来得及分辨接电话的究竟是男是女，电话"啪"的一声挂了。

有什么办法，那就再打到通联部问吧！我感觉我的火气在上升。

"哦，是讨要稿费呀……我们这里是通联部，只负责协调作者读者交流活动。至于稿费发放问题，应该承包给发行部了，要不打到发行部问问吧。"这回接电话的，声音很有磁性，说话速度也不快，一听就知道是个男士。我正为能分辨出接电话的是个男士而稍感安慰，电话那头却不由分说，也"啪"的一声挂了。

吓！我还不信这个邪！我的犟脾气一下上来了，我狠狠地摁下了发行部电话号码。

"哦，是讨要稿费呀……我们这里是发行部，只负责报纸发行工作，我哪知道您发了什么作品呀？编辑部负责编发稿件，要不您打到编辑部问问吧。"

我的天哪，转了一大圈，皮球又踢回来了！我再也控制不住自己，声嘶力竭咆哮道："你们……你们太缺德、太不像话了！我要写举报信到国家新闻出版总署告你们！"我狠狠地摔了电话。

这当然只是气话，我的工作很忙，况且那么多文摘类报刊不给我寄稿费，我告都告不过来。没想到第二天，我竟然接到了一位自称《中国缺德文摘报》稿费发放负责人的电话。

对方先把我的作品恭维了一番，然后话题一转，向我大倒苦水，喋喋不休地述说着目前办报的艰难。见我仍然无动于衷，没有放弃稿费的意思，他只得核实了我的通讯地址，承诺尽快将稿费给我寄来。我长舒了一口气，自己据理力争，终于迎来了胜利！

稿费单果然来得快，但我一看数目呆住了："人民币壹圆整"。下有附言："办报艰难，奉寄薄酬，敬请谅解。"

这报纸至少转载了我一百篇作品，稿费才区区一元，这真算得上是史上最"薄"酬！这不是在打发叫花子吗？我气得差点把稿费单一把撕了！

但我转念一想，这报纸如此羞辱作者，不尊重作者劳动，侵害作者权益，不能这样便宜了他们，咱也"以其人之道还治其人之身"，羞辱羞辱他！

主意一定，我将稿费单原封不动寄回《中国缺德文摘报》，并附上一封捐款信："鉴于贵报办报艰难，特将薄酬一元全部捐赠给报社，以示支持。"我为自己的创意暗暗得意，我想象着对方收到信件时的尴尬表情。哼！这都是他自找的！

没想到过了几天，我再次接到那个外地文友的电话。文友说："殷贤华兄，最新一期的《中国缺德文摘报》刊登了一封感谢信，感谢你捐款一元支持报社发展……捐款一元,捐款一元,你这是唱的哪一出戏呀?老兄,你上网看看,你已经成为网络红人了……"

这可大大地出乎我的意料,我忙不迭地打开电脑,惊呆了!网上已经出现"一元捐款门"热词,网民们开始人肉搜索"一元捐赠户"。对于《中国缺德文摘报》为受捐区区一元钱致感谢信的做法,网民们大加赞赏,并纷纷抢购订阅《中国缺德文摘报》,以实际行动支持该报发展。对于我这个"一元捐赠户",网民们大加讨伐,口水漫天,有骂我"史上最抠门捐赠户"的,有骂我"史上最沽名钓誉之徒"的,有骂我"史上最变态爱心人士"的,不一而足……

我气得晕了过去……

(本文发表于 2014 年 4 月 24 日苏里南《中华日报》。)

咪 咪

咪咪长得很漂亮,有多漂亮呢?打个比方吧,一群蝴蝶飞过,见了咪咪,都忍不住要回头。

咪咪天生一副好看的粉薄脸,有多粉薄呢?举个例子吧,有一次刮大风,咪咪的脸都被吹破了一点点,令男生们好心疼。

长得漂亮,便没有精力用在功课上了。咪咪刚想预习课文,却有人约她参加酒会;咪咪刚想做作业,却有人约她参加舞会;咪咪刚想复习功课,却有人约她去看电影……

大学毕业,咪咪该参加工作了,但干什么工作好呢?除了漂亮,咪咪什么也没有学会。

咪咪想:长得漂亮,可以进军娱乐圈!

咪咪先到唱片公司,公司张总一见咪咪模样,白内障一下就好了。

还没有等咪咪试唱，张总就与咪咪签了约。咪咪出了好几张唱片，没有一张卖得好的，气得张总白内障虽然好了，却又患上生气型心脏病。

咪咪再到影视公司，公司李总一见咪咪模样，脑血栓一下就疏通了。还没有等咪咪试演，李总就与咪咪签了约。咪咪演了好几部电影的女一号，没有一部电影收回成本了的，气得李总脑血栓虽然好了，却又患上叹气型肺炎。

咪咪又到演出公司，公司王总一见咪咪模样，面瘫一下就恢复了。还没有等咪咪上台演出，王总就与咪咪签了约。咪咪演了好多节目，没有一个成为压轴节目，气得王总面瘫虽然恢复了，却又患上摇头型脑瘫。

张总、李总、王总懂了：咪咪除了漂亮，没有一点内涵，什么也不会！

咪咪也懂了：唱歌、拍电影、演节目，都是技术活！演员除了漂亮，得有内涵作支撑！

咪咪想：自己得找个不需要多少技术的活来干！

咪咪想：自己得找个不需要多少内涵的活来干！

咪咪想：自己得找个只需要长得漂亮的活来干！

于是咪咪就去做了车模。车模不说话，站在那里搔首弄姿就行。至于搔首弄姿，咪咪在大学时就练得炉火纯青。

咪咪终于找到了自己满意的工作，工作起来也特别自信。

这天，公司举办大型豪华车展，咪咪身边聚集了一大群顾客，令咪咪很亢奋。咪咪夸张地搔首弄姿，却不想胸前的吊带突然绷断滑落，一下子走光了！记者的镁光灯闪个不停，咪咪羞红了脸……

第二天，一些媒体报道了咪咪走光事件，那张羞红脸的照片，迷倒了不少网民，咪咪被网民评为"最可爱的走光车模"，这可是咪咪进军娱乐圈以来最火的一次！

咪咪大彻大悟：要做车模，得靠漂亮；车模要火，得靠走光！

于是咪咪潜心研究走光艺术，包括走光时机、走光部位、走光方式、走光程度等。咪咪知道，最高层次的走光，应该是自然而神秘，美妙而随意，走光而不是全光，裸露而不是裸体……

从此，咪咪总是别出心裁地走光，并频频曝出新花样，攒足了男人的眼球。媒体上到处是咪咪的照片，大家争先恐后开辟咪咪走光专栏，争先恐后制作咪咪走光专题节目，咪咪一下子成了红人！

唱片公司的张总、影视公司的李总、演出公司的王总惊诧不已，再次邀请咪咪加入他们的团队，价格高得离谱。成名后的咪咪重新回到娱乐圈，边唱歌边走光，边演出边走光，激情四射，把观众迷得神魂颠倒，乐得张总、李总、王总牙都笑掉了。

趁着这把火，咪咪找了几个枪手，为她写了一本书，叫做《我怎么这么容易走光呀》。这本书的畅销，如火上浇油，让咪咪更红得发紫……

（本文发表于2013年9月15日《吴江日报》，被《小品文选刊·笑林》2014年第1期、2014年5月9日《人才就业社保信息报》等转载，入选2015年中国出版集团现代出版社大型文学读本《岚·第二卷》。）

今天撞见鬼

听说县城东门口开了家精致型咖啡厅，喜欢喝咖啡的房地产老板汪总便想去看个稀奇。汪总来到这家咖啡厅，但见咖啡厅精致小巧、装修气派豪华，顾客盈门，很对汪总的欣赏口味。汪总便要了吧台旁的一个雅座坐下来，要了杯咖啡悠闲地品尝起来。

汪总一边品尝咖啡一边打望前来喝咖啡的美女，好不自在。汪总忽然听得咖啡厅门外传来两串笑声，接着看见两位身材苗条、脸蛋漂亮的中年美女说笑着走进来。汪总定睛一看，不禁脸色大变。汪总想夺门而出，无奈咖啡厅太小，两美女又坐在吧台边，出去定然让两美女发现，再坐下去也可能会被两美女发现，怎么办？怎么办？汪总急速地转动着脑袋瓜子。汪总站起来节节后退，慌不择路躲进了咖啡厅后台的经理室。

经理室里坐着正在忙乎的经理。对于汪总的破门而入，经理纳闷地问道："你是谁？你找谁？有什么事吗？"汪总忙解释道："哦，老兄，是这样，今天撞见鬼了，我老婆竟和我情人一起来您这里喝咖啡！我想在您这里暂时躲一下，不然见了面不知道有多尴尬！"

经理一听乐了，也勾起了他的好奇心。他笑道："还有这种稀奇事发生嗦？好耍！让我出去看看！"

经理满面笑容、屁颠屁颠地出去了，不料回来后直喘粗气，脸色铁青，眼睛瞪得像豹子眼。他一把抓住汪总的衣领，低声吼道："你竟敢泡老子的老婆，老子杀了你！"他举起拳头准备向汪总砸过去，却又停下来，慌乱地朝门外望了一眼，恶狠狠地对汪总说："我下回再好好收拾你这狗娘养的！现在，咱们两个都躲到杂货间去，这里不安全！"

为啥又要躲到另一个地方？吓得屁滚尿流的汪总没有弄懂是怎么回事，又不敢发问，只得乖乖地随经理躲进杂货间。在杂货间，经理嘟哝道："今天撞见鬼了，我老婆竟和我情人在一起！"

（本文发表于《故事世界》A 版 2010 年第 2 期，被《民间故事选刊》2010 年第 6 期、《晚报文萃》上半月版 2014 年第 8 期、《芳草·经典阅读》2014 年第 10 期、《特别文摘》上半月版 2014 年第 11 期等转载，入选 2013 年北岳文艺出版社《当代中国闪小说精华选粹·情感卷》、2013 年小说月刊杂志社《全国优秀短篇小说精选·娴逸卷》。）

动物寓言新编

（一）狼和小羊

狼来到小溪边，看见小羊正在那儿喝水。狼非常想吃小羊，就故意找碴儿，说："你把我喝的水弄脏了！你安的什么心？"

小羊吃了一惊，温和地说："我怎么会把您喝的水弄脏呢？您看看，小溪周围全是加工厂，把废水废料全部排进小溪。现在不管上游下游，水全是黑的、浑浊的，哪还有清澈的水呢？"

狼不想再争辩了，龇着牙，就要往小羊身上扑去。小羊眼一闭，流泪说："这里的草已经被工厂严重污染，我全身是癌细胞，你吃了我，我也可以早日解脱。"

狼一听，吓得哇哇大叫，跑了。

（二）龟兔赛跑

龟兔要赛跑，这在动物界绝对是爆炸性新闻。比赛那天，动物们纷纷来到赛场，好不热闹。

裁判员吹响了口哨，兔子撒开腿就跑，一会儿就跑得很远了。他回头一看，乌龟才爬了一小段路呢，便大声说："这么慢，我先睡一觉。"他把身子往地上一歪，真的睡着了。

再说乌龟，爬得可真慢，等他爬到兔子身边，已经累坏了。兔子还在睡觉，乌龟可不敢停下来休息，他不停地往前爬、爬、爬，终于爬到大树底下了——乌龟胜利了！

赛场沸腾了，乌龟一下子成了动物界头号名人！面对漫山的鲜花、如潮的掌声、闪亮的镁光灯，乌龟向兔子投去会意一笑。

原本没有工作、为钱发愁的乌龟，转眼间登上名人富豪榜。按照赛前私下签订的协议，乌龟将 50% 的广告、演艺、捐赠、出书等收入送到兔子手上，作为兔子的名誉损失费、精神损失费、养老安置费。

（三）农夫和蛇

寒冷的冬天里，一个农夫拿着锄头路过村口，发现了一条冻僵的蛇。农夫觉得蛇很可怜，就伸出双手抱起它，还把它往怀里送，打算用自己的身体来温暖它冰冷的身躯。

蛇得到温暖后苏醒了，它睁开眼睛，一看自己躺在农夫怀里，吓得魂飞魄散，就狠狠地咬了农夫一口。

农夫倒在地上，临死前悔恨地说："我救了你，你不但不感激我，反而狠心地咬我，我真不该救你。"

蛇听了，也悔恨地说："恩人，你怎么不早说，我怎么知道你不是捕蛇者呀？现在，蛇一出洞，人人喊捉。餐馆里到处在叫卖炖活蛇汤，市场上到处在叫卖泡活蛇酒。捕蛇者来了一拨又一拨，我的同伴都先后离我而去，蛇都快绝迹了，我很害怕呀……"

（四）守株待兔

宋国有一个农夫，每天在田地里劳动。有一天，这个农夫正在地里干活，突然一只野兔从草丛中窜出来。野兔因见到有人而受了惊吓，它拼命奔跑，不料一下子撞到农夫地头的一截树桩子上，折断脖子死了！农夫便放下手中的农活，走过去捡起死兔子，他非常庆幸自己的好运气。

第二天，农夫照旧到地里干活，这时候亭长来了。亭长说："昨天的事情都快传遍全庄了，你运气真好。你以后不用再认真干活了，你就守着树桩，等兔子窜出来撞在树桩上。"

农夫惊讶地问："我不会再有这么好的运气吧？我整天守着树桩，农田里的苗不管了吗？"

亭长神秘地一笑，说："你只管这样做就行了，至于你的庄稼收入，亭里保证加倍赔偿！"

从此以后，农夫再无心思锄地。他把农具放在一边，自己坐在树桩旁边的田埂上，专门等待野兔子窜出来。当然他始终未能如愿，农田里的苗也早就枯萎了。农夫因此成了宋国人议论的笑柄。

不久，这片田地所在的村庄被县郡定为风景名胜区，农夫所守的那截树桩成为招牌景点之一，名字就叫"守株待兔"。

（本文发表于 2013 年 6 月 19 日《梅州日报》，被《杂文选刊》下旬版 2013 年第 7 期、《中外文摘》下半月版 2013 年第 9 期、《党政论坛》干部文摘版 2013 年第 9 期、《特别文摘》2013 年第 14 期、《思维与智慧》下半月版 2014 年第 5 期、《喜剧世界》下半月版 2015 年第 4 期等转载。）

成语新编

（一）惊弓之鸟

更赢是战国时期杰出的弓箭手。一天，他和魏王看见从野味城那边飞来一只孤雁，飞得很低很慢，鸣声凄惨。更赢自信地说："我可以用弓声就把它打下来。"魏王很怀疑。

于是更赢张开弓，扣着弦，"砰"的一声，直入云霄。那孤雁果然应声落地。魏王惊叹之余，不明白这是怎么回事。

更赢解释说："野味城生意火爆，舌尖上的珍禽异兽，谁跑得掉？凡是从野味城经过的飞鸟，有几只活得下来？那孤雁飞得低且慢，因为它已经历多次射杀，受了伤，它的同伴都已成为盘中美餐。它一听见弓声心跳加速，满怀绝望，就掉了下来。"

（二）愚公移山

且说北山住着一位老人，名叫愚公，快 90 岁了。他每次出门，都因太行、王屋两座大山阻隔,要绕很大的圈子,才能到南方去。

一天,他把全家人召集起来,说:"我准备与你们一起,用毕生的精力来移走太行山和王屋山,你们说好吗?"大家都表示赞成。

第二天一早,愚公带着儿孙们开始挖山。有个名叫智叟的老人得知这事后,特地来劝愚公说:"你这样做太不聪明了,凭你这有限的精力,又怎能把这两座山挖平呢?"愚公回答说:"即使我死了,还有我的儿子在这里。儿子死了,还有孙子。子子孙孙没有穷尽,而山却不会再增高,为什么挖不平呢?"

智叟说:"你说的虽然有道理,但是办法太笨了。我只要到乡里的蔷夫、里正、伍长那里游说,论证这块地皮的商业价值,保证免除你的烦恼。"愚公不信。

没想到过了几天,乡里派来了征地拆迁队,三下五除二就把两座山推平了。听说,这里将建一个全国最大最天然的休闲度假村。

(三)自相矛盾

楚国有个卖盾和矛的人,夸他的盾说:"我的盾坚固无比,任何锋利的东西都穿不透它。"又夸耀自己的矛说:"我的矛锋利极了,什么坚固的东西都能刺穿。"有人带着讥笑问他:"用你的矛来刺你的盾,会怎么样呢?"卖盾和矛的人狡黠一笑:"你买来试试就知道啦。"

卖盾和矛的人很快成为大家茶余饭后的笑料,也渐渐成了名人。成名后,他的盾和矛都非常好卖,气得同行七窍生烟。

卖盾和矛的人趁势开了家"自相矛盾"公司,他的"自相矛盾"广告词被评为楚国"十大恶俗广告"之首,但这丝毫影响不了他成天接受电视台专访,影响不了他的公司财源滚滚。

(本文发表于《羊城晚报》2013年5月6日,被《共同关注》2013年第8/9合刊、《新智慧·故事精》2014年第1期等转载。)

鹅的眼里带着微笑

"吱呀"一声,圈舍的小木门开了,主人将一只肥肥的小母鸡狠狠地抛了进来。

"受伤没有?你怎么来了?"圈舍里一只病恹恹的瘦白鹅赶紧跑过来,关切地问。

惊魂未定的鸡拍着胸脯大喘气,声音打着颤:"救我!我是你家主人从鸡场买来的,看来要大祸临头了!"

鹅的脸色一下子黯淡下来:"唉,今天是我家主人生日,恐怕连我也自身难保呢。"

鸡一下瘫软在地,流下泪来:"主人也要杀你吗?"

"是呀,在这个圈舍里,原来有小兔、小鸡、小鸭、小猪、小羊等,大家生活得很开心。但等到长大长肥后,便被主人一一杀了!我因为尽量少吃,长得瘦,所以才活到现在。"

"可我不想死,想活啊!难道我们生来就是被人杀、被人吃的吗?"

"人喂养我们,就是为了吃我们。人给了我们食物,就主宰我们生命。自古如此,人心安理得呢。"

"这是命。"

"这是命。"

正唉声叹气,忽然听到外面水声潺潺。鹅和鸡透过门缝向外看,见圈舍旁放着个小木桶,水声就是从那里边传出来的。

鹅和鸡异口同声:"桶里的是鱼吗?"

"我是鱼!就生活在这家门前的小河里,刚才不小心被人钓上来,被卖到这里!你们是谁?快来救我!"

鹅和鸡异口同声："我们是鹅和鸡。你别挣扎了，我们也正等着挨宰呢，这是命！"

"我们不能认命！上帝说，世界万物都有生存的权利！人凭什么主宰我们的生死？！"

鹅和鸡从没有听过这么大胆和奇怪的理论，吃惊不小，面面相觑："不能认命？我们可从没想过……人喂养我们，就是为了吃我们呀。"

"那鱼生活在河里，哪里招惹过人？不是一批又一批被人打捞上岸吗？青蛙帮人捉害虫，不也被人吃吗？"

"好像是这么回事！"鹅陷入了思考。

"没道理呀！"鸡一边点头一边深思。

"看门狗总算是忠厚老实的了，可冬天你到市场和餐馆看看，到处都在叫卖狗肉，人真无情。"鹅评价说。

"是呀，牛呕心沥血给人耕种，可哪里想到人最喜欢的早餐是牛肉面、牛肉米线，人真残忍。"鸡得出结论。

"人才是世界上最可怕的动物！"

"还有，现在河两岸的工厂全是趁着夜间或者下雨天把废水毒液往河里排，我的鳞甲都快掉光了，我的好多兄弟姐妹都死掉了！这都是人干的好事！"鱼好像在哭。

"可不是吗？在鸡场里，我们天天吃的是激素、添加剂，我们一天到晚不停地疯长，我们完全失去了慢慢成长的乐趣！"鸡想起那些饲料就反胃。

"我下辈子一定转世投胎当天鹅，有了翅膀，人就拿我没办法了！" 鹅憧憬着。

"不过也好，人吃了我们，相当于吃了工厂的废水毒液、激素和添加剂，现在不是癌症患者越来越多吗？"鱼和鸡解恨地说。

"害人害己，人这是自食其果！"鹅甚至想鼓掌。

外面传来一阵笑声，看来是客人到了。接着传来主人磨刀的声音，大家的心都猛地一紧。

"人没有剥夺我们生命的权利！我们要想办法逃出去！"鱼吼道。

"对！我们不能认命！我们要好好地活！"鸡为自己的呐喊吃惊。

只有鹅沉默着。许久，鹅作了一个重大的决定："鸡，你要记住，这屋后不远处有一座大山，那里被严重污染，现在人迹罕至，倒是安全的居所；鱼，你要记住，门前的这条小水沟直通小河。你们要抓住机会逃跑！我又瘦又老，逃不掉了，希望下辈子能转世投胎当天鹅与你们相会！"

正说着，主人已经提着刀来打开圈舍门。令主人万分惊讶的是，又瘦又老又笨的鹅今天竟然像猛虎一样扑向他，令他跌了个嘴啃泥。在鹅把鱼桶撞翻进小水沟的一刹那，主人看见鸡像火箭似的向后山跑去。主人气得一刀砍下鹅的脖子，但主人分明看见，鹅的眼里带着微笑……

不知过了多长时间，一群来此考察的动物学家发现，这里生产一种无鳞鱼，这种鱼不但具有高超的识别钓饵的能力，而且容易攻击人类。动物学家还发现山上有一种既不像家鸡也不像野鸡的火箭鸡，跑得飞快，攻击人类的能力极强。

而动物学家无法发现的是，在深夜里，火箭鸡常常跑到河边与无鳞鱼相会，与此同时，总有一只天鹅从天而降……

（本文发表于2011年12月5日《贵港日报》，被2012年1月23日《文学报·手机小说报》等转载，入选2015年中国出版集团现代出版社大型文学读本《岚·第二卷》。）

懒青蛙

在一块一望无垠的稻田里，住着一只青蛙。这块稻田里的水太甜，蚊虫太多，青蛙天天暴饮暴食，长得肥肥的。

这只青蛙很想看看外面的世界，便趁夜间偷偷溜出稻田，沿着村口的小路，小心翼翼地来到镇上。

这时候天已大亮，人开始多了起来。青蛙很害怕，不敢再到集市里去玩，便躲在街口一草丛里，偷偷地往外打望。

青蛙看见身旁来了支宣传队，敲锣打鼓的，正在做"保护青蛙"公益宣传，有的喊"青蛙是人类的朋友"，有的喊"保护青蛙从我做起"，有的喊"捕捉青蛙可耻"，把草丛里的青蛙感动得哭了。

人类终于认识到青蛙是朋友！我得赶紧回去，把这喜讯告诉同类！青蛙兴奋地自言自语，刚跳出草丛，就被一只大手抓住了！

"哇，好肥的一只青蛙！"抓青蛙的人是个厨师。

中午，这只肥青蛙便和其他几十只青蛙一起，被丢进了锅里，然后被盛放在盘子里，最后被端上了餐桌。

"青蛙是人类的朋友，你们怎么能上这道菜呢？"席上，一位干部模样的人生气地说。

"领导别生气，"请客的人谦恭地欠欠身，"这批青蛙是懒青蛙，不爱劳动，你看都长得肥肥的嘛……"

"哈哈，原来是懒青蛙，那可以吃！"干部模样的人转怒为喜，并伸出筷子，夹住了那只想回去报喜讯的肥青蛙……

（本文发表于《金山》2014年第4期，被《疯狂作文》初中版2015年第10期等转载。）

三份礼物

小燕子和哥哥姐姐、爸爸妈妈住在一起，他们把家安在悬崖峭壁的石缝里。饿了就吃树林中的虫子，渴了就喝山涧的泉水。日子虽然过得冷清平淡，但也非常安全舒适。

这天，燕子爸和燕子妈要去拜访一起南迁的好朋友，便嘱咐三个儿女在家好好待着，哪儿也别去，小燕子和哥哥姐姐都点头答应了。

燕子爸和燕子妈刚走不久，小燕子便央求哥哥姐姐带他到山下玩，燕子哥和燕子姐招架不住，便带着小燕子往山下飞去。

山下是新建的工业园区，一排排厂房拔地而起，非常漂亮。三只燕子一会儿飞到羽绒厂，一会儿飞到饮料厂，一会儿飞到矸砖厂，开心极了。

"我们给爸爸妈妈各准备一份礼物，给爸爸妈妈惊喜，好不好？"小燕子提议。"好，好啊！"燕子哥和燕子姐附和道。

几天后，燕子爸和燕子妈回到家，小燕子拿出一对羽绒小枕头，得意而自豪地说："爸爸妈妈，这是我在山下羽绒厂为你们带回的礼物，这样你们睡觉就更舒服了！"

哪知道燕子爸和燕子妈摇摇头，生气地说："快丢掉快丢掉，山下羽绒厂用的原料全是黑心棉，并且重金属严重超标，人使用后都会得癌症，何况我们这些小动物？"

燕子姐拿出一小瓶饮料，也得意而自豪地说："爸爸妈妈，这是我在山下饮料厂为你们带回的礼物，你们口渴的话就喝一口吧！"

燕子爸和燕子妈摇头更厉害了，更加生气地说："快丢掉快丢掉，山下饮料厂用的原料全是添加剂，味道虽美但有毒有害，厂里员工都从来不喝自己生产的饮料，我们怎么敢喝？"

燕子爸和燕子妈忽然发现燕子哥不在，便追问两个儿女。小燕子指着山下说："哥哥正在山下的工业园区为我们建造新家呢。"

燕子爸和燕子妈一听脸色大变，吼道："乱弹琴！山下新修的工业园区厂房，材料全部来自豆腐矸砖厂生产的豆腐牌矸砖，比豆腐还酥软！在那里建造新家，这不是找死吗？快，赶快把燕子哥叫回来！"

四只燕子像箭一样，急急地向山下飞去……

（本文发表于 2014 年 4 月 18 日《未来导报》，被 2015 年 7 月 23 日《贵州政协报》等转载。）

跳楼创意

在这座城市，旮旯街处于比较偏僻的地段，平时人气不旺，冷冷清清。这天因为有几家商店联合搞降价促销活动，吸引了一大批顾客光临，显得非常热闹。

"糟啦，有人要跳楼啦！"忽然，一个戴鸭舌帽的中年男人大叫起来。

街上的行人一下子停住了脚步。顺着鸭舌帽手指的方向，大家看到还未开盘的"大明星"楼顶边沿，果然有一个身材婀娜的美女在那里呆站着。美女若再向前跨两三步，后果不堪设想。

"大家快来看哪，有美女跳楼啦！这座城市已经多年没人跳楼啦，大家快来看哪！"一个独眼光头兴奋地喊。

听到喊声，摆地摊的、买商品的、等公交车的、扫大街的、闲聊的，全都停下手中的事儿，聚拢来看稀奇。大家看见那美女正拿着一张手帕擦眼泪，看来是哭过好一阵子的了。

"别跳呀，别想不开呀！"大家七嘴八舌地喊。

"先别忙跳呀，电视台记者还没来！"一个戴墨镜的年轻人阴阳怪气地吼。

美女似乎并不理会楼下的观众，只是一个劲地擦眼泪。

这时，一个大腹便便、衣着光鲜的矮胖子气喘吁吁地赶来，拿起一个小喇叭向美女喊道："小妹妹，求求你千万别轻生呀！你如果跳下来，不但给你家人带来巨大的痛苦，我的楼房还怎么卖出去呀！"

原来这矮胖子是"大明星"楼盘开发商。

"小妹妹，你有什么想不开的呀？说出来，哥子也许可以帮你嘛！"矮胖子一边擦汗水一边苦劝。

没想到楼顶的美女开口了，声音还挺大："我想当大明星，你能帮上忙吗？昨天我参加顶级女声比赛，又落选了。我这辈子唯一的追求就是当大明星，这个梦破了，我活着还有什么意思？让我死了算了！既然今生不能当大明星，那我就在你的'大明星'楼结束生命，也算是死得其所了！"美女一口气说完，向前跨了半步，惊得楼下一些观众脸色大变，大叫不好。

"别，别跳……只要不跳，小妹妹你提出的任何要求我都答应你，好不好？"矮胖子几乎要哭了。

"不跳也可以，那你白送我一套大明星楼的房子，你愿意吗？"楼顶的美女嘲讽地说道。

"这，这……"矮胖子一下子低下了头，为难地跺着脚。送一套房给跳楼的，哪有这个理？谁又舍得呀。

楼顶的美女又向前跨了半步，作出跳楼状，吓得楼下一些观众闭上了眼睛。矮胖子哪敢再犹豫，咬咬牙下狠心说道："救人一命胜造七级浮屠，好，我答应你就是！"

跳楼美女终于从楼顶走了下来，一场血光之灾就这样化解了。大家都松了口气，不少人向矮胖子竖起大拇指。有人认出跳楼美女原来是在酒吧、草台班子里唱歌的，属于那种不入流的市井艺员。

这件事在全城马上引起轰动，几家报社和电视台争抢跳楼美女和矮胖子开发商专访、录制专题节目。矮胖子的救人善举得到广大购房户特别是影迷歌迷的认可，大家纷纷到"大明星"楼购房，结果"大明星"楼各种户型都被一抢而空，比市中心的楼盘还卖得好。

跳楼美女的专访节目播出后，引来一片骂声，但这丝毫不影响她的名气越来越大。跳楼美女天天忙拍片、忙拍广告、忙演出，出的歌碟比获得顶级女声比赛冠亚季军的歌星好卖十倍!

　　成为一线红星的跳楼美女被矮胖子开发商聘为新楼盘形象代言人。代言仪式结束后的酒宴上,跳楼美女和矮胖子开发商一起向特邀嘉宾鸭舌帽、独眼光头、墨镜敬酒:"谢谢创意公司三位老总!合作愉快!"

　　(本文发表于《微型小说月报》原创版 2011 年第 7 期,被《快乐青春·绝妙小小说》2011 年第 8 期等转载,获中国作家协会《小说选刊》第二届全国小说笔会小小说类二等奖,入选 2015 年中国出版集团现代出版社大型文学读本《岚·第二卷》。)

我要裸奔

　　我是个作家,我呕心沥血、夜以继日写作,都出版小说 99 部了,还没有一点名气。

　　这年头作家想出名很难。第一,好多人现在不读小说,对作家不感兴趣;第二,现在出书太容易,只要给钱,出版社就排版,作家一抓一大把;第三,网络红人两三天就出一本书,我就是累死也赶不上……

　　也不是我不懂得自我宣传推销。我搞过签名售书仪式,在报纸上打过广告,我还重金聘请名人为我的书写序写评论,但收效甚微。

　　我穷得只剩下书了。因为我出版的 99 部小说大多是自费,为此花光了家里的积蓄,还欠下一屁股债。

　　现在,我的第 100 部小说《我要裸奔》又出版发行了。这一次,我下定决心要好好包装策划,争取一举成名,不然我将成为乞丐。

　　这次,我在本市各大网站论坛发了一个重量级帖子,内容是:我的第 100 部小说《我要裸奔》正式出版发行，为感谢读者厚爱，作家决定于本周末在市中心广场开展全裸式裸奔售书活动。作家裸奔既是为行为艺术献身，也是为配合《我要裸奔》而做的逼真宣传！届时，作家将从一家女性丝袜店出门，绕市中心广场裸奔一圈，回到女性丝袜店全裸售书！

一石激起千层浪，这个帖子马上在这个不大不小的城市火了。网民们争先恐后跟帖，差点导致论坛瘫痪。有人骂"这作家是疯子"，有人认为这是"恶搞"，有人分析这可能是炒作，作家不可能当众全裸。当然，更多的人一边打听我的情况，一边猜测我将在哪家女性丝袜店出门和售书，因为市中心广场附近有几十家女性丝袜店。

为满足广大网民好奇心，我在各大论坛续发了一个帖，内容是：请网民朋友猜测作家将在哪家女性丝袜店出门和售书，凡一次性猜中者，凭跟帖可免费获得作家亲自签名的《我要裸奔》一册。这下可热闹了，网民们纷纷跟帖，有人还深入市中心广场的女性丝袜店调研。

令人期待的周末终于来了。一大早，市中心广场就聚集了好多人，比春节还热闹。看上去全身赤裸的我，手上拿起一本《我要裸奔》，心跳得特别厉害。我咬咬牙，从强强肉色丝袜店一下子冲了出去！

广场沸腾了！广场沸腾了！有人惊叫，有人大笑，有人大骂，有人起哄，有女士慌忙捂住了眼睛……"快报警，快抓住这个疯子！"我听见有人愤怒地喊道。

还没跑到半圈，我就被警察带走了。观众叹息着，我听见他们说，这疯子可能因有伤风化罪、暴露癖罪被判刑，一个作家就这样玩完了……我听了不由得暗暗发笑。

结果没半天我就被放出来了，我只是被"警察叔叔"批评教育了一通，被罚了一点款。面对广大网民的疑问，我和强强肉色丝袜店联合举办了"作家裸奔暨强强肉色丝袜销售新闻发布会"。会上，我的表弟强强展示了强强肉色丝袜厂最新生产的全仿真肉色丝袜，几乎达到了与皮肤一模一样的地步。强强还特别展示了采用我的皮肤颜色、纹理等数据，为我量身定做的用于裸奔的丝衣、丝裤、丝袜高科技，惊得观众目瞪口呆！

会议结束，放在会场外的强强肉色丝袜和《我要裸奔》以及我以前出版的99部小说存书全部被销售一空。虽然文学界骂声一片，但丝毫不影响报纸称我为"著名作家"，电视台为我做专访，企业请我做代言，商家请我剪彩。我轻轻松松还清了欠款，还上了作家富豪榜……

这一切，缘于我成了名人！

（本文发表于《短小说》2012年第11期。）

促销奇招

这座小城的"服装一条街"店面如云，竞争异常激烈。有的商家打出"跳楼价"招牌，收益也不怎么样。服装生意不好做，有的商家只得转行。

这天，报纸、电视台刊播了一则叫做《史上最神秘大奖》的促销广告，吸引了全城人的眼球，吊足了全城人的胃口，广告内容是：

天堂服装专卖商场为感谢广大顾客厚爱，决定举办"破产大酬宾，神秘抽大奖"周活动。活动由神秘单位提供赞助，奖品为史上最神秘奖品。活动设一等奖10名，奖品价值100万；二等奖100名，奖品价值10万；三等奖1000名，奖品价值1万！凡在天堂服装专卖商场消费100元即可领取一张抽奖券，在一周活动结束后统一公开、公平、公正抽奖！

我的天！奖品总价值高达3000万，而消费门槛却只需要区区100

元！这是在做梦吧？难道这家服装专卖商场以及赞助商都疯了？全城人议论纷纷，潮水一般涌向开在"服装一条街"街尾的天堂服装专卖商场。

好家伙，这家平时不怎么起眼的服装专卖商场，此刻由锣鼓壮威，美女迎宾，保安把门，记者采访，实在热闹。挤进商场，大家纷纷选购衣服，凭发票换取抽奖券。还没有到一周的时间，天堂服装专卖商场的商品就一抢而空。

万众期待的"神秘抽大奖"活动终于拉开帷幕！首先抽取了1000名三等奖，在获奖者的欢呼声中，主持人宣布了神秘奖品：价值1万的冥币一袋，由冥币印刷公司鬼总经理提供赞助。

价值1万的冥币？搞没搞错？大家你望我，我望你，似乎不相信自己的耳朵，有的人甚至愤怒地吐口水。

"大家没有听错，奖品的确是价值1万的冥币！再过几天就是清明节，这豪华的礼物用得上！这是冥冥之中，上天为您故去的亲人安排的礼物！如果您拒绝领这份奖品，那么，您故去的亲人愿意吗？舍得吗？如果您拒绝领这份奖品，那您就是对自己故去亲人的怠慢和不敬！"

主持人一席话，听得台下一些想骂人的嘴，无可奈何地闭上了。

接着抽取100名二等奖，在获奖者的欢呼声中，主持人宣布了神秘奖品：价值10万的极品骨灰盒一个，由骨灰盒厂牛厂长提供赞助。

价值10万的极品骨灰盒？搞没搞错？大家你望我，我望你，似乎更不相信自己的耳朵，有的人开始大声骂人。

"大家没有听错，奖品的确是价值10万的极品骨灰盒！再过几天就是清明节，要给故去亲人迁坟的朋友，这份VIP级礼物用得上！此极品骨灰盒采用纳米高科技材料制造，是灵魂进入天堂别墅区居住的房产证！如果您及家人现在不需要，可把奖品暂时留存在骨灰盒厂牛厂长处！拥有灵魂进入天堂别墅区居住的房产证，这是下辈子明智的选择！"

主持人又一席话，听得台下一些骂人的目瞪口呆了。

最后抽取 10 名一等奖，在获奖者的欢呼声中，主持人宣布了神秘奖品：价值 100 万的终身免费火葬券一张，由殡仪馆马馆长提供赞助。

价值 100 万的终身免费火葬券？搞没搞错？大家你望我，我望你，已经完全不相信自己的耳朵，有的人准备上台打人、闹事。

"大家没有听错，奖品的确是价值 100 万的终身免费一条龙火葬券！人生自古谁无死？有了终身免费一条龙火葬券乐逍遥。既免除了身后事之忧，也让身边活着的亲人少操一份心。"主持人镇定自若。

"算你们狠，"一年轻获奖者咬牙切齿追问道，"这终身免费一条龙火葬券，价值怎能达到 100 万？"

主持人哈哈大笑："这个帅哥问得好！看你的年龄，要用这终身免费一条龙火葬还得等五六十年。物价年年飞涨，五六十年前买一颗糖只需要 1 分钱，现在需要 1 元钱，价格上涨了 100 倍！五六十年后，说不定这火葬券未来价值 1000 万，何止 100 万！年轻人，祝贺你呀！"

年轻获奖者一听，哭笑不得，急得一跺脚，跌倒在地……

（本文发表于 2013 年 10 月 13 日《吴江日报》，被《小品文选刊·笑林》2014 年第 1 期、《新智慧·故事精》2014 年第 3 期、《重庆商业经济》2014 年第 5 期、2014 年 1 月 21 日《茂名日报》等转载。）

锦　旗

张三走进诊所时，老板正打瞌睡。

张三说："老板，我来拿点药。"

老板揉揉惺忪的眼，笑："哟，是张三回老家了呀。"

张三环顾四周问:"我记得以前你这里生意很好,怎么现在这样差呀?"

老板叹口气说:"以前场镇小,诊所少,生意当然好。现在场镇大了,流动人口虽多,但很多人根本不了解我这老字号诊所。况且现在场镇上的诊所多了,生意自然不好,再这样下去,我只有关门了!"

张三笑:"老板呀,别人不知道你这老字号诊所,不知道你的医术好,这不能怪别人呀!你得想想办法让他们知道……"

"那你说有什么法子?"老板的眼神充满期待。

张三又笑:"这个嘛,简单。我可以给你量身定做一批病人送给你的锦旗,写上'妙手回春''一代神医'等等,你把诊所挂满,名声大了,还愁生意不好呀?"

老板高兴地说:"那试试看,谢谢你啦。"

……

张三走进派出所时,所长、副所长、干警三人正忙得不可开交。

张三打招呼道:"各位警察叔叔,这么忙呀。"

三人都抬了一下眼,笑:"哟,是张三回老家了呀。"

张三打量三人问:"我外出打工这么多年了,怎么你们一个都没有提拔到上级部门去呀?"

所长叹口气说:"我们在基层工作,工作干得再多,上级领导怎会知晓?领导不知晓,怎么可能提拔我们呀?"

张三笑:"所长呀,上级领导到你单位视察一年都来不了几次,怎么知晓你们的工作成效呀!你得想想办法让他们知晓……"

"莫非你有什么主意?"所长停下工作问。

张三又笑:"这个嘛,简单。我可以给你量身定做一批老百姓送给派出所的锦旗,写上'打黑除恶、人民卫士''感谢人民好警察''警民鱼水情一家亲'等等,你把派出所挂满,领导来视察,还愁不满意呀?"

所长高兴地说："那试试看，谢谢你啦。"

……

张三走进酒店时，老总正在打电脑游戏。

张三说："老总，这么闲呀。"

老总伸了个懒腰，笑："哟，是张三回老家了呀。"

张三环顾四周问："我记得以前你这里生意很好，怎么现在这样差呀？"

老总叹口气说："以前场镇小，酒店少，生意当然好。现在场镇大了，流动人口虽多，但很多人不熟悉我这酒店。况且现在场镇上的酒店也多了，生意自然不好，再这样下去，我只有关门了！"

张三笑："老总呀，别人不熟悉你这酒店，这不能怪别人呀！你得想想办法让他们熟悉……"

"有什么办法呢？"老总苦恼地问。

张三又笑："这个嘛，简单。我可以给你量身定做一批顾客送给你的锦旗。写上'醇正口味、遂吾心愿''优质服务、贴心关怀''员工拾金不昧、酒店见义勇为'等等，你把酒店大堂挂满，还愁生意不好呀？"

老总高兴地说："那试试看，谢谢你啦。"

……

忙过一段时间后，张三打了个长途电话："老板，我把从公司带回来的锦旗全部卖完了。现在我们镇上到处都是锦旗，听说上级正考虑给镇上授牌为'锦旗特色镇'呢……"

（本文发表于 2011 年 12 月 7 日《中国组织人事报》，被《才智》智慧版 2013 年第 10 期等转载。）

惊心减肥

　　家住朝阳小区的李胖妹一米五的个子，却有一百三十斤的体重，她的腰比水桶还粗。有一次上公园观景台，她不小心跌了一跤，竟像滚雪球一样从几百级的台阶一直滚到山下，想停都停不下来。

　　小区里的赵肥姐也是，一米五的个子，却有一百四十斤的体重，肚皮上像搁置着一个大游泳圈。有一次赵肥姐在游泳池游泳，不小心游到了深水区，不会游泳的赵肥姐大喊"救命"，池上的安全管理员眼看花了，说："不要怕，你身上有游泳圈，慢慢游过来嘛。"

　　李胖妹和赵肥姐同病相怜，这天不约而同地聚在一起商量减肥的事。她俩的谈话，刚好被路过的一个戴鸭舌帽的中年人听到了。鸭舌帽摸出两张名片递上来，热情地说："我是新开业的意想不到减肥公司老板，欢迎你们到我公司实现瘦身梦想！我们的承诺是：顾客一个月内减不下20斤肉，我公司愿意全额赔款！"

　　真是瞌睡遇到枕头，况且承诺条件又如此诱人，李胖妹和赵肥姐高高兴兴地与鸭舌帽签订了合同，成为意想不到减肥中心首批队员，准备参加为期一个月的封闭式集中减肥训练。

　　李胖妹和赵肥姐告别家人，与二十多名队员一起，被一辆大卡车拉到荒山野岭外一废弃工厂的地下室。门"哐"的一声关上了，一阵霉味扑鼻而来，队员们不禁皱起了眉头。

　　这时候从里间冲出几个五大三粗、满脸横肉的教练。为首的凶神恶煞地说："从现在起，我公司对你们进行魔鬼训练。请大家配合，否则死得很难看。现在，请各位交出手机！"

　　还没有等队员们反应过来，教练们已经冲上前来，抢走了队员们的手机。教练如此粗暴，令队员们感到确实"意想不到"，有队员和教练争执起来。李胖妹和赵肥姐对望了一眼，心中掠过不祥的预感。

更令人意想不到的是，训练的第一个项目竟是蒸桑拿。教练把队员全部赶进一间热气熏天的桑拿室。队员们在里面大汗淋漓，有的受不了想出来，但大门紧锁毫无办法。教练却在外讥笑道："你们这样肥，主要原因是油多，蒸桑拿就是要把你们的油统统蒸出来！"

队员们大吃一惊，哪有素质这样差的减肥教练？这群教练究竟懂不懂减肥？一身大汗的李胖妹挨近赵肥姐，担心地问："我们恐怕遭遇Y公司了吧？"赵肥姐都快被蒸晕了，她颤抖着声音回答："我们没这样倒霉吧？"

然而，倒霉的事还在后头。意想不到减肥中心安排的伙食，全是剩饭烂菜叶，比乞丐吃的饭菜还差。队员们互相安慰说，这可能就是专业的"减肥饭"吧。

但是，饿极了的队员们即使吃了半碗饭，也会马上拉肚子。看着队员们纷纷跑向臭气熏天的卫生间，教练们幸灾乐祸地哈哈大笑："这泻药效果不错嘛，哈哈！"

原来，意想不到减肥公司竟然给队员服用泻药来减肥！队员们彻底醒了，这真是个挂羊头卖狗肉的Y公司！李胖妹和赵肥姐异口同声："我们不减肥了！我们要回家！放人！退款！"

"放人？退款？哼！没那么容易！"一个教练恶狠狠地说，"要我公司全额赔款给你们，想得美！下一步，我们将打电话给你们老公，叫你们老公拿钱赎人！他们要是舍不得花钱或者敢报警，我们就撕票！"

原来是掉进了魔窟！莫非这伙歹徒就是最近报上传得沸沸扬扬，以打着减肥公司、劳动服务公司、野外探险导游公司等幌子，将人骗到荒山野岭再实施敲诈的流窜作案团伙？胆小的队员哭了起来。大家想报警，却发现手机早被收缴。愤怒的队员握紧拳头冲向教练，刚走几步就软绵绵地倒在地上……原来，意想不到减肥中心还给队员服用了慢性迷药！

待队员们醒来时，发现双脚被拴上长长的铁链，已经失去自由。教练依次给队员们录音，录音的内容规定为"老公快来救我！一切按照他们说的办！快去借钱筹钱！别报警！"对不按照要求录音的队员，教练不由分说一阵拳打脚踢，疼得队员"哎哟哟"直叫唤。

这哪是人过的日子呀！队员们睡不着觉、吃不下饭，整天以泪洗面。有一个叫艾肥肥的队员似乎比其他队员坚强些，鼓励大家一定要吃点剩饭烂菜叶，以便活着与家人团聚。

然而糟糕的是，突然有一天，教练骂骂咧咧地闯进地下室，吼道："艾肥肥，你的老公竟敢报警！别怪我们不客气了！"教练把艾肥肥拉到旁边一阵乱打，艾肥肥满脸血污，接着就一动不动了……教练把艾肥肥拖了出去，看得队员们险些晕了过去……

艾肥肥的死把队员们心存的一丝幻想彻底粉碎了。连比较胆大的李胖妹和赵肥姐也号啕大哭起来……

时间一分一秒地过去，一天一天地过去，队员们既不知道家人是否筹钱来营救，也不知道家人出钱后这伙歹徒会不会出尔反尔，真是度日如年，生不如死！

一周过去了，半个月过去了……

正当大家心如死灰、万念俱灰时，意想不到的事情发生了。这天，教练像变了一个人，面带微笑、举止文雅地为队员们打开铁链，说："意想不到减肥公司首期培训班正式结业！你们的家人正在外面接你们！"

这难道是梦？队员们简直不相信自己的耳朵。劫后余生的队员们疯狂地向外跑，在见到亲人的一刹那大哭起来……

"老婆，你受委屈了！""老婆，我来晚了，对不起！"老公们也擦着眼泪。

"老公，快报警！我们要控告意想不到减肥公司！"如梦初醒的队员们愤怒地大叫。

然而奇怪的是，老公们都摇摇头。

这时候鸭舌帽老板出现了，他的身后竟然还站着艾肥肥！鸭舌帽高声说："祝贺各位队员减肥成功！本期队员除李胖妹和赵肥姐外，其他都是多次减肥多次失败！意想不到减肥中心的宗旨就是：以意想不到的方式，让队员一次减肥成功！当然，在这之前，我中心已经分别与各位队员的老公秘密签订了协议，保证生命安全、保证减肥效果！"

队员们惊异地望着自己的老公，老公们都不好意思地点点头。"你们这批队员的身体状况非常糟，医生说，再不想法子减肥将导致严重的后果……"一位家属解释道。"坏蛋！"队员们雨点般的拳头落在亲人身上……

这时候艾肥肥说话了："各位，我是意想不到减肥公司的工作人员！现在请大家过过秤，对没有减下 20 斤肉的队员，我公司将兑现承诺全额赔款！"

队员们一上秤，呆了：大家都瘦掉了 20 斤以上的肉，有的队员甚至减了 30 多斤！

……

几天后，李胖妹和赵肥姐分别给好朋友打电话："大肥猪，你几次减肥都不成功，我给你推荐一家新的减肥公司……"

（本文发表于《越南华文文学》2011 年第 4 期，被《新智慧·故事精》2012 年第 1 期等转载。）

熊老板不能死

这天傍晚，李大嫂、王二婶、张三婆割猪草回家，发现山沟里躺着一个人，一动不动，双眼紧闭，鼻孔流血。三人大着胆子，小心翼翼地上前探鼻息，发现伤者还有气。仔细一看，原来伤者是镇上的房地产开发公司熊老板！

熊老板怎么会一个人跑到深山里？又怎么会跌倒在山沟里人事不省？三人来不及想这个问题，脑海里想的同一个问题是：救人要紧，熊老板不能死！

"快，快给熊老板的家人或者朋友打电话！"李大嫂反应最快。然而李大嫂把熊老板的手机摸出来，发现已经摔坏了。

"要是有手机给镇医院打电话就好了。"王二婶遗憾地说。三人身上都没有手机，也不知道镇医院的急救电话。

三人四处望望，发现附近既没有一户人家，也没有年轻力壮的庄稼汉路过，不由得焦急万分。

"看来要救熊老板，就只有靠我们三个妇女啦！"张三婆叹口气说。

李大嫂、王二婶你望望我，我望望你，点点头。

在深山里，没有车，甚至没有担架，怎么把熊老板抬到镇医院去？三人犯难了。

还是李大嫂反应最快："要不把熊老板放到背篼里，我们找树枝木棒做担架，把他抬到镇医院去？"

李大嫂的建议马上得到王二婶、张三婆认同：一是因为熊老板实在太肥，她们三人谁也背不动；二是因为背篼是现有的，做担架的树枝木棒在深山里很容易找到。

说干就干，三人费了好大劲才把熊老板装进背篼。接着又找来粗树枝，由年纪较轻的李大嫂、王二婶抬着熊老板上路了。

深山里爬坡上坎，高低不平，李大嫂、王二婶一会儿就累得气喘吁吁了。但她们都咬紧牙关坚持，没有停下来休息片刻，因为天快黑了。

时间一分一秒过去，李大嫂、王二婶的肩膀都被粗树枝磨破了皮，鲜血淋淋。快出山口时，王二婶不小心崴了脚，脚马上肿了起来。只得由年迈的张三婆拼老命接着抬,好不容易将熊老板抬到镇医院。

衣衫不整、大汗淋漓、肩上血迹斑斑的三个农村妇女像完成了一项使命,一下子瘫坐在地上。

县电视台的记者刚好在镇医院做专题节目,得知此事后,决定马上进行现场采访。听完三个农村妇女救人过程的述说后,记者感动得流下了热泪。记者问:"刚才您们反复提到一句话,那就是——熊老板不能死,请问是什么原因?您们和熊老板有什么关系吗?"

刚才叽叽喳喳的三个农村妇女听到这个提问沉默了。三人你望望我,我望望你,表情凝重而无奈。李大嫂叹口气,说:"我们三个人的老公都在熊老板的房地产开发公司打工,都已经快三年了,但到现在都还没有拿到一分钱工资。熊老板坐宝马车住别墅,却故意拖欠着工人的血汗钱不给,真是黑了良心!上个月我们到县里、市里上访,上面领导很重视,问题终于得到解决,熊老板被迫答应下个月兑现拖欠工资。要是现在他死了,工人的工资肯定又没了,我们可怎么活呀……"

记者愣在那里,说不出话来……

(本文发表于2012年8月7日《中国纪检监察报》,被《小品文选刊·笑林》2012年第11期等转载,入选漓江出版社《2012中国年度微型小说》。)

谢恩·爱与不爱

(一)谢恩

西镇小河边开了家饮料厂,老总的儿子才六岁,很贪玩。一天,老总的儿子偷偷跑到小河边玩,一不小心掉进河里。老总的儿子在河里直扑腾。在这危急时刻，幸好一老农经过此地，老农大叫一声"不好"，跳进小河将老总的儿子救起。

老总自然对老农感恩不尽，他拍着胸脯说："老人家呀，谢谢您！您救了我小儿，就是我恩人！恩公需要什么，一万、两万、三万，尽管提，我保证满足您的要求。"

老农哈哈大笑，说："我救人，并不求回报。如果你要感谢我，那就送两瓶你厂的饮料给我解渴吧。"

老总听了头摇得像拨浪鼓："要不得，要不得，请恩人另提要求。您对我有大恩，我就不骗您，我都从来不喝我厂生产的饮料。"

（二）爱与不爱

总经理想培养漂亮的业务科科长倩倩做副经理，但早有妻室的总经理又想对倩倩"潜规则"，便对倩倩说："我爱你！"把倩倩吓得跑出了办公室。

总经理很生气，就把倩倩的科长职务免了，压着火气仍然对倩倩说："我还爱你！"把倩倩吓病了。

总经理更加生气，后果更加严重。总经理让倩倩待岗，只发基本生活费。总经理对倩倩冷漠地说："我不爱你了！"

总经理还给职工打招呼，让大家给待岗期满的倩倩评估为"不合格"。按照规定，待岗期满不合格将被辞退。倩倩曾经多次失业，好不容易才找到这么好的国有企业单位。倩倩害怕了，不想失去工作。倩倩喝酒后来到总经理办公室，勾着总经理的脖子，哭着说："现在，你不爱我但我爱你！"

（本文发表于《北方文学》2011年第3期，被香港《文萃》2011年增刊、《微型小说月报》文摘版2011年第11期、《喜剧世界》（下半月版）2012年第3期等转载，入选2013年小说月刊杂志社《全国优秀短篇小说精选·娴逸卷》。）

VIP 卡

这天，公司办公室文员小张路过西大街，看见街尾新开了一家洗浴中心，装修得极其豪华。小张心里一动：公司王总不是特别喜欢洗浴吗？自己一直没有找到机会向王总献殷勤，所以一直得不到提拔，这可是个好机会！

小张快步走进洗浴中心售票大厅，但见里面排着好长的队伍，人头攒动，热闹非凡。小张好不容易挤到旁边的咨询服务台，皱着眉头问："你们的生意怎么这样火爆？买票可真难。"

漂亮可人的服务员笑嘻嘻地回答："我们的洗浴中心刚开张，服务高档而价格实惠，当然生意火爆啦。要想买票不难，可办张价值 188 元的 VIP 卡，随到随买票，不用排队啦。当然，我们还有更多更好的服务……"

"得啦，我就办两份 VIP 卡！"小张打断服务员的话。他想：VIP 卡是荣耀的象征，188 元也不贵，那就买一份送给王总吧！

小张把办好的 VIP 卡送给王总，王总高兴地收下了。王总最近忙于公司业务，还不知道西大街新开了一家洗浴中心。小张趁势邀请王总去洗浴中心放松一下，王总也答应了。小张暗暗发誓：这次一定要好好陪王总，争取赢得信任，让王总把空缺已久的办公室副主任位置打赏给他。

几天后的一个傍晚，小张和王总兴致勃勃地来到洗浴中心。但见售票大厅照样排着好长的队伍，人头攒动，热闹非凡。小张陪着王总直接到售票窗口买票，哪知售票员摆摆手："快去排队！"小张掏出 VIP 卡一亮，大声说："我有 VIP 卡，不用排队！"售票员两手一摊说：

"大家都办了VIP卡,不排队怎么办?"排队的顾客们笑了起来。小张尴尬地望望王总,感觉王总脸上闪过一丝不快。

好不容易买到票,小张陪着王总来到洗浴间,王总朝着一间宽敞漂亮的浴室走去。服务员拦住说:"先生,您不能进去!"

小张赶上一步追问:"为什么?我们可是VIP卡用户呢!"

"哦,这是为超级VIP卡用户准备的,你们办理的只是普通VIP卡,你们那边请!"服务员指着旁边几排拥挤狭小的浴室回答。

王总狠狠地瞪了小张一眼,不情愿地朝小浴室走去。小张赔着小心,灰溜溜地跟在后面。

从浴室出来,小张陪着王总在按摩厅躺下。小张惊奇地发现,给自己和王总按摩的是男士,并且是老男人,手法粗糙,一点感觉都没有。而给其他几位顾客按摩的却是身材高挑、气质优雅的绝色美女!小张怒气冲冲地问服务员这是怎么回事,服务员回答:"只有至尊VIP卡用户,才能享受美女服务!"小张侧过头看王总,感觉王总脸色已经非常难看。

好不容易按摩完,小张陪着王总来到休息厅坐下。两人喝着洗浴中心准备的矿泉水,干巴巴地坐着,没有人搭理。却见旁边有几位顾客,不但喝着洋酒,吃着进口水果,还有漂亮的洋妞打扇!小张悄悄地跑到服务员身边,说需要这样的服务,服务员说:"只有VIP卡王,才能享受这种服务!"

小张再看王总,王总早没了。小张知道,这公司办公室副主任位置跟他无缘了……

(本文发表于2015年4月15日《重庆日报》农村版,被《中外文艺》2015年第3期等转载。)

忍无可忍

最近，光棍汉张三发现，以前家里买一袋米要吃一个星期，现在仅两天就没有了。家里的面包、油条、饼干等熟食，只要没放进冰箱，不知什么时候就神不知鬼不觉蒸发了。难道遇到鬼了？张三觉得很奇怪，决定弄清事实真相。

这天晚上，张三故意将可口的热香肠放在客厅正中央，然后自己伪装后一动不动地躲在沙发后监视。一直等到大半夜，张三开始打盹，正想回房睡觉，忽然发现一群不知从哪里冒出来的小饿鼠，正把香肠往外搬。这群小饿鼠瘦得皮包骨头，行动却异常敏捷。生气的张三大吼一声，吓得小饿鼠一溜烟跑了。

事不宜迟，张三马上到街面地摊边买回一大包鼠药。晚上，张三把鼠药和着喷香的米饭洒在房前屋后。张三想：这下小饿鼠们该死翘翘了吧。

清晨，张三惊奇地发现米饭一颗没剩下，而死鼠却一个都没有见着，气得直咬牙。张三跑到农药专卖店买回超强特效鼠药，然而老鼠们吃后仍没事儿。嘿，老鼠还和张三较上劲了！

反复数十次药鼠无果后，张三累得筋疲力尽。这天晚上，张三正把从外地买回的鼠药拌在米饭里，却发现一只巨鼠不知从哪里跳出来，对他大声吼道："拜托你不要买鼠药给我们吃了！自从吃了你的药，我们由小饿鼠变成小饱鼠，由小饱鼠变成大肥鼠，再由大肥鼠变成巨鼠。我们大多患上了严重的高血压、高血脂、脂肪肝，已有两鼠死于肥胖症。你再这样做，我们就对你不客气了！"

（本文发表于《江门文艺》2012年第1期、2013年10月24日日本《阳光导报》、新加坡作家协会《新华文学》2014年第1期、2015年6月26日美国《亚特兰大新闻报》。）

绝世神功

　　某盛世，国泰民安，人们过着丰衣足食的自由、幸福生活，享受着天伦之乐，几乎没有人愿意把自己的子女送进皇宫当宫女或太监活受罪。

　　物质生活的富裕，推动了当时"崇文尚武"世风的形成。同时拥有一身文采和过硬武功，成为不少年轻后生的最大梦想。

　　且说京城里有位王秀才，此人出口成章，满腹经纶，但武功太差，因此每次"比武招亲"都没有自己的份，王秀才很苦恼。这天王秀才从皇宫旁经过，忽然发现墙角边有一本发黄的小册子。王秀才拾起来一看，高兴得差点高呼"谢主隆恩"，原来这本发黄的小册子封面上写着四个大字：《葵花宝典》，竟是江湖上传言的绝世神功秘笈！

　　一路狂奔回家，王秀才按捺不住心中的狂喜，他颤抖着手翻看秘笈扉页，只见上面写着：

　　葵花宝典绝世功，

　　万千秘笈第一宗。

　　此功练成号武林，

　　当今天下独称雄。

　　哇噻！王秀才读后不禁手舞足蹈：练成绝世神功，这下不但不愁"比武招亲"不中标，就是去殿试那武状元，也可能是信手拈来，真是天助我也！哈哈哈。王秀才狂笑着往下翻，又见上面写着：

　　葵花宝典属阴功，

至刚至阳命将送。

若练此功须自宫，

挥刀自宫铸神功！

天哪！江湖上传言"若练葵花功，必挥刀自宫"，看来果然不假。王秀才不禁目瞪口呆，犹豫不决：一边是做男人的尊严，一边是绝世神功，选谁？绝世神功的诱惑终于使王秀才举起了手中锋利的尖刀……待包扎好伤口，王秀才忍痛又翻看下文：

世上本无葵花功，

挥刀自宫唯公公。

娶妻生子已无望，

何不享福到皇宫？

我的妈呀！读到这里王秀才气得大吼一声，晕死过去！醒来后的王秀才只好去皇宫应征太监。在太监应征办公室，王秀才惊奇地发现那里排着一条长队，大家都哭丧着脸，手里都拿着一本发黄的小册子……

（本文发表于 2013 年 6 月 19 日《台湾新闻报》、2014 年 1 月 27 日香港《中华时报》。）

五天致富

这几天，台山县城大街小巷都议论着这样一件事情，说一个普通的外地人来台山县发展，仅用五天时间就摇身一变成了千万富翁。外地人发财致富的秘诀和经历扑朔迷离，将县城居民的胃口吊得老高老高。

县电视台台长一看有戏，便计划为外地人做一期现场直播的《致富经》访谈节目,以提高本地电视节目的收视率。

面对主持人的提问,外地人在直播室侃侃而谈:"第一天,我在水果市场卖了两斤苹果,赚了一元钱;第二天,我在水果市场卖了二十斤苹果,赚了十元钱;第三天,我在水果市场卖了两百斤苹果,赚了一百元钱;第四天,我在水果市场卖了两千斤苹果,赚了一千元钱;第五天……"

外地人说到这里顿了顿,喝了几口水,想休息一会儿。观众急得眼珠子都快暴出来了,他才慢条斯理地说道:"第五天,我买了两注福利彩票,中了特等奖一千万!"

(本文发表于2011年9月23日《现代快报》、2014年4月24日日本《阳光导报》,入选2013年北岳文艺出版社《当代中国闪小说精华选粹·幽默卷》。)

文学精英之家

小强爷爷参加朝阳小学学生家长会,班主任告诉他,小强不喜欢语文课,作文写得很差劲,家长要加强对孩子的辅导。

小强爷爷回家后很生气,把小强爸爸狠狠批评了一顿。

小强爸爸是杀猪匠,本来没有多少文化,但挨了老父亲的骂,觉得自己是没有尽到责任,便决定好好辅导小强写作文。为了做好示范,小强爸爸还亲自写"下水作文"。

在小强爸爸的辅导下,小强的作文还真有了一点点进步。小强爷爷听了班主任的表扬后很高兴,也不管自己大字不识几个,也拿起笔写"下水作文"。

这天,小强飞跑着回家,告诉爷爷、爸爸一个大喜讯:自己的作文参加全国文学大赛，获得小学生组一等奖！

这实在是太好了！这充分证明小强的作文，已经提高到全国小学生一级水平！小强爷爷、小强爸爸高兴地搂过小强，亲个不停。虽然大赛组委会要求获奖者需汇寄888元才能领到烫金奖杯和获奖证书，小强爷爷、小强爸爸都有些舍不得，但还是咬咬牙到银行汇了款。

从银行回到家，邮递员递给小强爷爷、小强爸爸两封快件。小强爷爷、小强爸爸拆开一看，愣住了——原来，小强爷爷、小强爸爸也分别获得了全国文学大赛老年组一等奖、中年组一等奖！大赛组委会亦要求获奖者需汇寄888元才能领到烫金奖杯和获奖证书。大赛组委会还告知：鉴于小强一家老少三辈获大奖，若再追加汇寄999元，大赛组委会还可为其颁发"文学精英之家"奖牌……

这是怎么回事？小强耷拉着脑袋说，他把爷爷、爸爸写的作文也顺便拿去参加了全国文学大赛……

（本文发表于2014年3月19日《重庆日报》农村版，被2014年7月15日《闽北日报》等转载。）

奖　次

一年一度的年终考核即将开展，据小道消息，本次考核结果有可能作为近期提拔任免县管干部的重要依据。

张乡长马上召开迎检筹备会，作出重要指示："我们夹皮沟乡天偏地远，近几年年终考核都名列全县乡镇倒数几名。今年怎么办？接待也是生产力，我们要打好接待攻关战，以最高规格的接待超出考核组领导的心理预期，使领导对我乡工作满意。"

说干就干，夹皮沟乡调动机关全体干部力量，建立了迎检氛围营造组、后勤保障组、现场点准备组等近二十个工作组，甚至还建立了一个打探考核组领导个人爱好的特别情报组，紧锣密鼓地开展迎检筹备工作。

考核组如期而至，面对满大街的"欢迎领导指导工作"标语，考核组熊组长笑呵呵地说："哟，阵仗不小嘛。"

一进会议室，考核组全体领导都笑了。原来，熊组长面前摆的是钻石蓝芙蓉王烟，泡的是西湖龙井茶；马副组长面前摆的是和天下烟，泡的是庐山云雾茶；羊副组长面前摆的是境界玉溪烟，泡的是上饶极品白眉茶……全是根据考核组领导个人爱好精心准备的。熊组长笑着说："谢谢你们的好意，不过太奢侈了，要厉行节约，下不为例哟。"张乡长连连点头："一定，一定。"

听取了张乡长的汇报，查看了档案资料，视察了现场点，考核组对夹皮沟乡的工作表示满意。熊组长对张乡长说："按照百分制考核指标体系，我们给你乡打分应该在99分以上！"年终考核分厘必争，夹皮沟乡历史最好成绩是90分，这99分以上的成绩实在是太振奋人心了！

检查结束，张乡长将考核组全体领导请到机关伙食团用餐。张乡长说："熊组长，您教导我们不要太奢侈了，要厉行节约，所以我们按照您的指示，在机关食堂用餐。"

熊组长还没有回话，一群长得水灵灵、花枝招展的美女便端菜上席。考核组领导不知道，这群美女是从全乡机关包括基层站所层层遴选出来的。一会儿，桌上摆满了野鸡、野鸭、野兔、野龟、野鸟、野参等野味佳肴。张乡长拉着熊组长入席，说："我们这里很偏僻，比不得大城市，请各位领导凑合着吃点家乡菜吧。"接着又招呼端菜的，"美女们，还不快给领导们斟茅台酒。"

酒是好酒，菜是好菜，陪酒的是美女，考核组全体领导胃口大开，一个个眉开眼笑，喝得醉醺醺的。"这菜味道真不错，真没想到你们机关厨师竟有这么高的厨艺！"大家都伸出大拇指。其实考核组领导不知道，这厨师也是后勤保障组专门从外地请来的！

　　酒足饭饱，美女们一边将考核组领导扶上车，一边给车上装"纪念品"。后备箱装不下，连后座都堆满了。熊组长握着张乡长的手说："你放心吧，我们给你乡打的是99.9分的高分！今年年终考核一等奖没问题！"把张乡长乐得心花怒放，笑得嘴都合不拢。

　　正当张乡长憧憬在喜悦之中时，县上消息灵通人士给张乡长打电话，说："你镇今年还是名列全县乡镇倒数几名。"张乡长一听差点跌了眼镜："不可能吧？我们不是得的99.9分的高分吗？我们不是一等奖吗？"消息灵通人士叹了口气回答："你镇是得的99.9分的高分，是一等奖，但仍然是全县乡镇倒数几名——你看看新到的文件就知道了。"

　　张乡长跑步来到机要室，查看新到的文件，一看呆了：有的乡镇得的是99.99分，有的乡镇得的是99.999分，大都在99.9分以上；奖次分为三类，最差的是一等奖，中间的是特等奖，最好的是超特奖……

　　（本文发表于2012年7月25日《武汉晨报》，被《百家故事》下半月版2013年第2期等转载，入选2013年新华出版社《传递正能量：最好看的廉政小小说100篇》、2014年方正出版社《对镜正衣冠：中国廉政小小说优秀作品选》，改编后获首届"旭日"杯全国暨海外华人酒文化征文小小说奖。）

送温暖

　　年关将近。按照上级文件要求，熊区长又该去访贫问苦送温暖了。

　　熊区长把山沟乡马乡长招来，说："全区数你那个乡最穷，你找个最穷的农户，我明天就去送温暖。"

马乡长点头哈腰回答道："区长您真是一个好领导！您雪中送炭，真是我们穷乡穷人的大福星！我马上安排！"

第二天，在区政府办主任、民政局长、农业局长、扶贫办主任、山沟乡马乡长等一大帮部门负责人陪同下，熊区长一行浩浩荡荡赶往山沟乡。当然同行的还有报社、电视台、电台、网络等一大批媒体记者。

刚到山沟乡，熊区长的电话就响了。熊区长挂电话后对大家说："我有事情要回区政府一趟，你们先到慰问户家等我。"

领导发话，只得照办。在马乡长引路下，大家前往孤寡特困户胡大爷家。

胡大爷住在山脚下一间简易狭小的破茅草房里，正卧病在床。看到上级来的人带着大包小包的慰问品，胡大爷激动而吃力地坐起身来，招呼大家坐。板凳只有一条，况且房里散发出一阵阵酸臭味，好几个部门负责人都退出房呼吸新鲜空气，等待熊区长的到来。

看着胡大爷眼睛直愣愣地盯着慰问品，马乡长忍不住笑道："胡大爷你放心，等熊区长一来，就会亲自把这一大堆慰问品送到您手上。"

胡大爷咽着口水，吞吞吐吐地说道："你们送的板鸭、水果，我能不能先吃点……我已经一天没有吃东西了。"

马乡长为难地说："你再忍忍吧。这都是些全新包装的慰问品，熊区长还没有送到您手上就先开了封，不太好……"

胡大爷只得把口水又吞了回去。

一小时，两小时，三小时……熊区长还没有到。胡大爷眼巴巴地望着慰问品，忽然一下子饿晕了过去。

这下大家着了慌，区政府办牛主任赶紧给熊区长汇报。熊区长在电话中指示：赶紧将胡大爷送往山沟乡卫生院，他将亲自赶到现场指挥营救。

命令如山倒，大家马上将胡大爷抬上车，快速送到山沟乡卫生院。

医生护士正要紧张地投入工作，牛主任制止道："请稍等片刻！熊区长将亲自赶到医院来现场指挥营救！"

半小时，一小时，两小时……熊区长还没有到。胡大爷忽然脸色发黑，全身抽搐，口吐白沫。医生哭丧着脸说道："已经耽搁了病人的最佳治疗时期，现在病情更加严重了……我们小医院的医疗设备和技术有限，现在必须送到区医院抢救，不然病人有生命危险！"

牛主任赶紧再次给熊区长汇报。熊区长再次在电话中指示："好！马上送区第一人民医院！"

当胡大爷被送到区第一人民医院时，熊区长早等在那里了。熊区长在医院召开了由区第一、第二、第三、第四人民医院院长及区内顶尖医疗专家教授参加的现场办公会，制定了严密科学的抢救治疗方案。

"老百姓是我们的衣食父母！我们要不惜一切代价抢救胡大爷！"记者采访时，熊区长斩钉截铁地说。

在熊区长的亲自指挥下，胡大爷终于苏醒过来，抢救成功了！区内各个媒体及时报道了整个抢救过程，并对熊区长进行了专访，在全区引起了极大轰动。看到电视里熊区长亲自给胡大爷喂药剥香蕉，不少观众都感动得流下热泪。大家由衷赞叹：这真是一个好领导！

（本文发表于《山东文学》2012年第1期，被《快乐青春·绝妙小小说》2012年第2期、《晚报文萃》开心版2013年第1期、《小品文选刊·笑林》2013年第6期等转载，入选花城出版社《2013中国微型小说年选》、北岳文艺出版社《2013年小小说选粹》、2015年中国出版集团现代出版社大型文学读本《岚·第二卷》。）

改 名

　　听说新来的镇长是从外地调来的，姓红，镇党政办主任红父很高兴。因为红姓是全国比较稀少的姓氏，平时很难遇到家门。现在竟然有家门来当领导，这真是让人感到既亲切又自豪。

　　新来的红镇长刚报到，便到镇政府机关各办公室视察慰问。来到党政办，红父主任连忙说："红镇长好！欢迎家门领导！"

　　红镇长哈哈大笑："呵呵，你也姓红呀？咱们姓红的人少，在这里遇见家门可不容易呀！"

　　亲热地握了手后，红镇长关切地问："哦，对了，你叫什么名字呀？"

　　"我叫红父！"红主任响亮地回答。

　　"哦……"

　　红主任看到，红镇长脸上闪过一丝尴尬和不快的神色。

　　这是怎么回事呢？红主任一时不得其解。

　　这时候镇党政办收发员递过来上级文件，红主任一看红镇长的名字差点跌了眼镜，红镇长的名字竟然叫——红儿！

　　这下糟了！自己叫红父，镇长叫红儿！从字面上看自己岂不是大了一辈？红主任一下子忐忑不安起来。

　　但红主任转念又想，名字只是人的代号，这有什么问题嘛？名字都是父母起的，自己做不了主嘛。这样一想，红主任就释然了。

　　然而事情并没有红主任想象的那样简单。一些同事看到他偷偷地笑，一些同事对他疏而远之。分管党政办的副镇长找红主任谈话，建议红主任到公安局把名字改了，并说这也是红镇长的意思。

红主任坚决拒绝了副镇长的建议。红主任脸涨得通红，生气地说："副镇长，名字是父母所取，我没有资格去改！谁也没有权利安排我去改！红镇长要是觉得他的名字不好，可以自己去改！"气得副镇长灰溜溜地走了。

同事们知道这件事后，都为红主任捏了把汗。不久传出消息，红主任要是再不改名，镇党委政府将免去他的党政办主任职务，交流到机关伙食团工作。

正当红主任为自己的事情一筹莫展时，红镇长竟然主动来找他了。红镇长一副懊恼的样子，拍着红主任的肩说："走，咱们一起到公安局改名字。"

红主任冷冷地说："红镇长，没有这个必要吧？"

红镇长重重地叹口气，无奈地说："新来的县长也姓红，叫红孙！我俩的名字不改，行吗？"

（本文发表于《故事会》下半月版 2012 年第 4 期，被《快乐青春•绝妙小小说》2012 年第 6 期、《晚报文萃》开心版 2012 年第 12 期等转载。）

干部之家

老丁肯吃苦肯钻研，任劳任怨，生来是个搞业务的好手。况且他性格内敛，谨小慎微，办事沉稳，所以颇得历届局领导器重。可惜的是，老丁在机关做牛做马几十年，竟连一个副科长也没捞上。

几十年下来，老丁那些要好的同学哥们，有的评上教授，有的移民海外，有的荣升局长，有的搞房地产开发富得流油。就连老丁最看不上眼的二混子，也凭着几招三脚猫功夫开了家效益不错的保安公司。这些都令老丁的老婆馋得眼红。老丁的老婆经常拿老丁与那些成功人士作比较，经常发脾气数落老丁的不是。老丁底气不足，只有唯唯诺诺、忍气吞声的份。时间久了，老丁的老婆自然成了"母老虎"，老丁自然成了"妻管严"。

几十年的时间，一眨眼就过去了。虽然连一个副科长也没捞上，但老丁却到了退休的年龄。老丁摇摇头，心情极其复杂地办理了退休手续。退了下来无事可做，老丁只得整天与小区里一群和他差不多命运的退休老头聚在一起喝茶下棋聊天，大家谈得最多的话题是自己年轻时如何时运不济、自家的"母老虎"如何势利如何凶恶等等。谈起这些话题老头们有时候心情很郁闷，有时候却又释然一笑，毕竟大家都是过来人。

这天，老丁和小区里的退休老头相聚时，聊到一个新话题。一个消息灵通的老头说，政府准备新提拔一批干部，为此老头建议：有儿女在机关工作的，可以凭张老脸想方设法争取一下。大家在机关待了几十年，门门道道总懂一些，网网路路总有一些。为儿女的前途奔波，也算是退而不休、发挥余热了。

这话说到了老丁的心坎上。老丁一生正直不阿，从来不拍领导马屁，从来没有给领导送过礼，到头来连个二级班子副职都没当上。独子丁中现在某局机关任办公室主任，绝不能让他也仕途无望，走父亲的老路。老丁没有实现的政治梦想，儿子可以帮他圆梦呀！

回到家，老丁再也坐不住了。他在心里苦苦挣扎了几个晚上，终于做了个大胆的决定。他好不容易说服老伴取出家里的积蓄，还跟有钱的同学哥们借了些，上下打点，左右求人，为儿子的前途披荆斩棘。

也不知是菩萨显灵，还是老丁的活动起了作用，或者是丁中本来就被组织部门相中，反正丁中顺顺利利地被提拔为副局长。儿子正式上任后，老丁比自己当上领导还高兴。老丁走路不再萎萎缩缩，而是挺胸抬头，还一路哼着小曲。老丁再和小区里的那群退休老头相聚，便有了优越感，开始喜欢发表长篇讲话，一副指点江山做报告的样子。

而自从丁中当上副局长后，家里也确实发生了一些变化。小区里的一些住户开始主动和老丁一家人打招呼，套近乎。老丁一家人在外面吃早餐，不时有人讨好地为他们埋单。这在以前都是不可能的事。还有一些老板盛情邀请丁副局长一家人到大酒店吃海鲜、到外地游玩，丁副局长推都推不掉。不少人来家中给丁副局长汇报工作，趁丁副局长不注意留下价值不菲的礼物。丁副局长拎着东西追出门的时候，来汇报工作的人跑得比兔子还快，一下楼就不知去向。特别是春节，来客总会给丁副局长上小学的儿子丁小小带上数不清的礼物，令丁小小既高兴又满足。

春节过后开学才几天，老丁主持召开家庭全体成员会议，说要宣布两件大喜事。一是丁小小请同学吃饭拉票成功，在班干部公开竞聘演讲中，以微弱票数优势当选为副劳动委员，虽然在几名"副劳动委员"中排位最后，但好歹已正式成为班干部，可喜可贺；二是老丁制作了"干部之家"牌匾，在家庭会议通报后将悬挂于客厅，以示荣耀。老丁的老伴拧着老丁的耳朵笑骂道："儿子、孙子都成了领导干部不假，你干了一辈子的工作也只是个普通老百姓，挂个'干部之家'牌匾沾光，岂不害臊？"老丁一把推开老伴正色道："我们小区退休的同志最近成立了个'妻管严'协会，推选我当了会长。从今以后，好歹我也算个民间的领导干部，你要注意维护我的形象！"

（本文发表于《幽默讽刺·精短小说》2011年第9期，被《微型小说月报》2011年第12期等转载。）

粪　坑

春节即将到来，王局长带领赵副科长和科员小钱、小孙、老李浩浩荡荡地到联系镇慰问困难群众。

王局长一下车，赵副科长便讨好地说："王局长亲自到基层慰问，真是关心困难群众的好领导！只是慰问对象户住在山脚下，要麻烦王局长走一段山路，太辛苦王局长了！"

王局长哈哈大笑，幽默地说："关心困难群众是我们机关干部的职责嘛。莫说走一段山路，即使不小心掉进山里的粪坑，也在所不惜嘛！"

于是，王局长一行有说有笑地往山脚下走去。走了十来分钟，看见前面的庄稼地旁有一个大粪坑。在前面带路的赵副科长回头望了一眼王局长，提醒道："王局长小心点啊，你不要当真掉进粪坑啊。"

王局长正饶有兴致地和大家开着玩笑，听了赵副科长的话拍着胸脯说："我说过，即使不小心掉进山里的粪坑，也在所不惜嘛！"

大家乐得正准备大笑，只听得"扑通"一声——原来，王局长只顾说话没看路，不小心脚踢着一块石头，一个趔趄，竟然跌进了粪坑！

这下糟了！一大股臭味蹿上来，熏得大家几乎要吐。大家急忙伸出手来，想把王局长拉上来，可惜够不着。

赵副科长的手伸得最长，可还是够不着。忽然，赵副科长把持不住平衡，一下子也掉进了粪坑！

大家更乱了！小钱见附近有户人家，门旁放着一架竹楼梯。小钱飞也似的跑了过去……

等到小钱把竹楼梯取来时，发现不见了小孙和老李。正疑惑，听见小孙和老李在粪坑里面大叫："还看什么看，还不把竹楼梯放下来，让王局长上来！"

小钱连忙把竹楼梯放下去，王局长、赵副科长、小孙、老李依次爬出粪坑……

爬出粪坑的王局长、赵副科长、小孙、老李都狼狈不堪，臭不可闻。赵副科长、小孙、老李都对小钱说："谢谢你啊，小钱，幸亏你找来了竹楼梯！"只有王局长虎着脸，一言不发。

回到单位，王局长对这次参与慰问的四名干部作了一次人事工作调整。赵副科长升任科长，小孙升任副科长，连即将退休的老李也升任副科长，而小钱被安排到下属单位锻炼……

（本文发表于《小说月刊》2012年第3期，被《新智慧·故事精》2012年第4期、《小品文选刊·笑林》2012年第9期等转载。）

机关重重

（一）完美人生

名牌大学的张教授与主城区的王区长在一次酒会上相识，两人话语投缘，相见恨晚，便都喝醉了。

王区长打着酒嗝说："还是张教授的人生完美啊，身在名牌大学，学富五车，受人尊敬。哪像我们，不缺钱不缺权，就缺文化。"

张教授涨红着脸，连连摆手说："哪里哪里，还是王区长的人生完美啊，身居地方要员，前呼后拥，好不气派。哪像我们，不缺钱不缺文化，就缺权力。"

两人会意地大笑。

不久，在张教授的引荐下，王区长被聘为名牌大学的客座教授。而张教授在王区长的引荐下，被聘为主城区的名誉区长。

（二）老有所乐

因为土地拆迁安置赔偿问题，旮旯镇的几个老上访户经常结伴到县里甚至市里上访，市里不时通知县里去领人，弄得县里和旮旯镇领导都疲于应付，焦头烂额。

最近一段时间，那几个老上访户一直待在旮旯镇里，没有丝毫动静。旮旯镇镇长觉得奇怪，便派干部暗中调查。

干部回到机关，喜滋滋地向镇长汇报：那几个老上访户最近有的迷上赌博，有的迷上看黄片，正好全部抓起来！

镇长摇摇头："抓起来，最多教育一通，罚点款，还不是要放，起什么作用？"

干部迷茫地问："那怎么处理他们呢？"

镇长哈哈笑道："别打扰他们，就让他们老有所乐吧！他们迷上赌博、看黄片，就顾不上上访啦！"

（三）临时工

张三以收废报纸卖为生，收入很低。

这天张三到某局收废报纸，被一副局长拉进办公室。副局长急匆匆地说："刚才我局一把手开车撞伤了人，虽然没有撞出大问题，但上面追查起来，很麻烦。因此我们想重金雇你担这个责，就说车是你开的，少不了你的好处，怎么样？"

张三一脸纳闷："我又不是你们单位的司机，怎么担责？谁相信呀？"

副局长笑了，说："这个不用担心，我们就说你是我们单位聘请的临时工，刚才私自开车出去玩，把人撞了还跑了。我们将宣布马上开除你！如果你愿意，我们给你报酬两万！"

两万？这得卖多少废报纸呀？张三连连点头答应。

得到两万块钱后，张三再也无心卖废报纸。他忽然发现，不少部门单位存在这样那样的问题，急需临时工为其担责，临时工很有市场。张三立即成立了临时工担责公司，广告词是：领导出问题，请雇临时工！

果不其然，张三的临时工担责公司一开张，便吸引了一大批单位来签合同，差点把公司门槛踏破了。

年终，张三赚得盆满钵满，被相关部门评为"致富能手""企业家""纳税大户"等。

（四）称　呼

张三和李四同年同月同日生，并且在同一机关工作，实在是有缘。两人只称兄不道弟，好得像一个人一样。

"张哥，您好！"李四这样称呼张三。

"李哥，您好！"张三这样称呼李四。

称呼发生变化是在张三做科长之后。

"张哥，您好！"李四还是这样称呼张三科长。

"李四，你好！"张三科长开始直呼其名。

称呼再次发生变化是在张三做副局长之后。

"张哥，您好！"李四还是这样称呼张三副局长。

"小李，你好！"张三副局长冷冰冰地回应。李四愣住了，一下子感到自尊心受到极大的伤害。他发誓要出人头地，把脸面夺回来。

三十年河东三十年河西。李四从科长做起，一直做到副局长、局长。

李四局长召开新班子第一次会议，对张三副局长说："那个谁，你先汇报一下近期工作吧。"

（五）举　报

张三在街上买了一斤花椒，一抓掌心留下红印记。张三怀疑卖主加了色素，质量存在严重问题，决定向有关部门举报。

张三来到卫生局，接待人员说："您买的花椒还没有上餐桌，不归我们管。花椒属于农副产品，您还是到农业局或其他部门举报吧。"

张三来到农业局，接待人员说："您是在市场上买的花椒，不归我们管。您还是到工商局或其他部门举报吧。"

张三来到工商局，接待人员说："您是在路边地摊买的花椒，不归我们管。您还是到商业局或其他部门举报吧。"

张三来到商业局，接待人员说："您举报的是花椒质量问题，不归我们管。您还是到质监局或其他部门举报吧。"

张三来到质监局，接待人员说："我们开展的质量检测项目太多，而经费紧张，因此检测试剂费还需申请检测单位或个人来付。"

张三把花椒扔在了垃圾桶里。

（六）追　责

体育大县参加省运动会，竟然一块奖牌也没捞着。县长很生气，要求追究有关部门责任。

体育局说："这不怪体育局。我们的队员这次竞技状态不太好，经调查，可能是因为饮用了不合格牛奶。"

奶厂说："这不怪奶厂。我厂生产的牛奶，都是由奶牛场提供的。"

奶牛场说："这不怪奶牛场。我场喂养的奶牛、草料都是由草场提供的。"

草场说："这不怪草场。我场的草都是原生态的自然草，没有施肥没有浇水，我们也是自然收割。"

最后，锄草机还是来了。草叹口气说："怪就怪我们不该生长在这个地方。"

（七）不愿作陪

张局长养了两个情人，一个叫狐妖妖，一个叫李媚媚，两人长期争风吃醋。张局长只得一会儿哄这个，一会儿哄那个。

张局长对狐妖妖说："小宝贝，我最喜欢你了，就是死我也要和你在一起！"逗得狐妖妖好不开心。

张局长对李媚媚说："小宝贝，我最喜欢你了，就是死我也要和你在一起！"逗得李媚媚芳心大悦。

忽然有一天，张局长突发心脏病死了，狐妖妖和李媚媚都慌了。

在张局长的墓碑前，狐妖妖和李媚媚都将对方性感迷人的照片烧着了，脸色惨白地说："我知道你其实最喜欢她，死也要和她在一起，你在下面需要作陪的话请把她带走吧……"

（八）拍得太过

某局机关开展二级班子竞争上岗活动，本着公开、公平、公正的原则，报名的同志都要进行竞岗演讲，谈谈对岗位的认识、自身竞岗的优势和施政打算。

才到机关工作一年的婷婷报了名，她自感演讲经验不足，便向机关的老大姐请教。老大姐告诉她："虽说是公平竞争，但归根到底还不是牛局长一个人说了算。你如果拍拍他马屁，效果肯定要好得多。"

婷婷会意地点点头。

"谢谢牛局长特别关心我们年轻女同志""谢谢牛局长为我细心讲解业务工作""谢谢牛局长发的问候短信"……在竞岗演讲中，婷婷一口一个"谢谢牛局长"，情真意切，会场爆发出雷鸣般的掌声，其演讲的感染力超过了所有选手。

婷婷以为自己稳操胜券，得意地笑了。

然而，经局长办公会研究讨论，婷婷落选了，排名倒数第一！

婷婷想不通，也觉得很委屈，老大姐悄悄告诉她："你拍马屁拍得太过了……现在机关已经有你和牛局长有一腿的传闻，牛局长为了辟谣，能不把你拿下来吗？"

（九）特殊礼物

王局长的宝贝儿子王小强刚大学毕业，王局长还没有来得及解决儿子工作问题，就因为贪污受贿被举报，最后搬进监狱去住了。

王局长被免去局长职务后，一直觊觎局长职务的常务副职张副局长转了正。

王小强到监狱看望爸爸，谈及工作问题，很沮丧。王局长笑着说："你去找两只蚱蜢，拴在一条绳上，代我送给张叔叔做礼物，他一定会为你安排工作的。"

不久，王小强喜滋滋地告诉爸爸，张叔叔已经把他安排在局办公室工作。

一年后，王小强想做办公室副主任，又去找爸爸想办法。王局长想了想说："这次，你去找一尊小佛像，代我送给张叔叔做礼物，你的愿望会实现的。"

"小佛像？什么意思？"王小强搞不懂。

"帮人帮到底，送佛送上天。"王局长笑着回答。

但这次王小强的愿望没有实现，张局长找了个泥菩萨，托王小强回赠给王局长。王局长叹了口气，不再说话。

没过几天，就传来张局长被"双规"的消息。

（十）领导爱好

老局长年龄到点，新上任的赵局长是从外地调来的。办公室马主任不敢怠慢，连忙搜集赵局长有哪些爱好，以便做好领导服务工作。

功夫不负有心人，马主任搜集到赵局长有三大爱好：一是喜欢吃鲍鱼，二是喜欢名牌服装，三是喜欢轻车简从考察风景区。

在为赵局长安排的欢迎宴上，马主任特意叮嘱酒店准备了上等鲍鱼。哪知道赵局长一见鲍鱼脸色大变："中央三令五申不准大吃大喝，不准铺张浪费，这不是顶风违纪吗？这鲍鱼撤下。"

马主任惊出一身汗，连忙为赵局长物色了几款世界名牌服装，作为领导"工作装"，请赵局长挑选。哪知道赵局长又一次脸色大变："领导穿名牌摆阔，你这是要我向网上的烟叔周久耕学习还是向表叔杨达才学习？"

马主任小心翼翼地草拟了仅由秘书、司机陪同的局长轻车简从考察风景区方案，交赵局长审定。赵局长看了看人员名单，没说一句话。

马主任迷惑了，难道搜集到的情报有误？为了做到深入调查，马主任亲自到外地跑了一趟，向赵局长以前的秘书、办公室主任了解情况。

马主任回来后，把上等鲍鱼安排在偏远乡镇的农家乐，为马局长购置了世界名牌内裤作为领导"工作装"，制定了仅由"局花"狐妖妖陪同的局长轻车简从考察风景区方案，得到了赵局长的高度赞扬。

（十一）连连获奖

夹皮沟乡有一条小河，河上没有桥，过往群众行路非常不便。新来的乡长承诺：走群众路线，花巨资新建民心过河桥，让群众满意！

经过几个月努力，乡政府花巨资新建的民心过河桥落成。群众行路方便了，都非常满意。乡政府将先进事迹材料整理上报，荣获县政府"民心工程奖"。

哪知道新建的民心过河桥才使用半年，桥面桥墩桥沿便出现裂缝，且裂缝越来越大，一副摇摇欲坠的样子。乡政府立即高薪聘请外地著名专家开展维修工作，成效显著。乡政府将先进事迹材料整理上报，再次荣获县政府"排危奖"。

哪知道到了年底，维修后的民心过河桥在大白天突然倒塌，乡政府及时组织乡机关干部和社区干部营救落水的数十名群众，因为抢救及时、工作部署有条不紊，无一群众伤亡。乡政府将先进事迹材料整理上报，又一次荣获县政府"见义勇为先进集体奖"。

（十二）干部情结

王五年纪轻轻就调到县政府担任秘书，王五的亲朋好友都说：这下子王五肯定有前途。

县政府的年轻干部工作量很大，但在领导身边工作，很容易得到提拔。很多比王五后来的秘书都陆续提拔到乡镇或者部门做领导了，王五还是原地不动。

王五暗暗下定决心，一定好好工作，争取出人头地，当上领导干部。

但事与愿违，王五在县政府奋斗了几十年，不知道哪些关键环节出了问题，王五竟然连科长都没当上，为此他挨了老婆一辈子的挖苦和责骂。

抑郁不得志的王五退休下来，只得和小区里的一群老同志打牌、下棋、喝茶、聊天、瞎混日子。这些老同志听说王五以前是坐机关的，便一致推选王五为小区老年活动协会会长，王五很高兴。

王五跑回家，挺直腰杆，严肃地对老伴说："好歹我终于当上了会长，你作为领导干部家属，平时在小区要注意维护我的形象！"

（十三）你好好干

县志办是个小单位，业务工作很单调也很枯燥。职工干工作懒懒散散，县志办老主任年龄大，临近退休，拿职工们毫无办法。

老主任退居二线后，新上任的郭主任依次找职工谈话，激发职工的工作热情。

郭主任私下对职工甲说："我看好你，你好好干，干好了我向组织部门推荐你做县志办的副职。"

郭主任私下对职工乙说："我看好你，你好好干，干好了我向组织部门推荐你当我的助手。"

郭主任私下对职工丙说："我看好你，你好好干，干好了我向组织部门推荐你到大单位做领导去。"

郭主任私下对全单位职工说了个遍。

单位职工全身心投入工作，亮点纷呈，特色突出，其工作业绩得到了县委、县政府领导的充分肯定和高度评价。

不久，郭主任因政绩特别突出交流到重要岗位任一把手。

（十四）大家都喜欢

县环境保护局新调来工作人员小秦，刘局长忙召开办公会议，研究小秦同志的工作岗位问题。

刘局长直言不讳地说："我把丑话说在前头，小秦同志我很熟悉，她没有多少文化，人也比较懒散，好多事情都不会做。"

人事科牛科长说："没关系，欢迎小秦同志到人事科工作。新来的同志我们必须照顾一下，只安排她接电话。"

办公室马主任说："没关系，欢迎小秦同志到办公室工作。新来的同志我们必须照顾一下，只安排她发报刊。"

综合科羊科长说："没关系，欢迎小秦同志到综合科工作。新来的同志我们必须照顾一下，只安排她记考勤。"

刘局长听了哈哈大笑："看来小秦同志很有亲和力嘛，大家都喜欢她！"

小秦是刘局长的小姨子。

（十五）捐款也有潜规则

最近县里下了场大暴雨，不少乡镇受灾严重，县委、县政府号召各级各部门发扬献爱心精神，为受灾乡镇群众积极捐款。

县房管局李局长高度重视，及时组织全局干部职工，隆重召开献爱心现场捐款活动。

在县广播局记者的新闻摄像头下，李局长率先垂范，带头捐了400元。

办公室科员小刘的老家就在受灾最严重的一个乡，小刘觉得自己应该为家乡捐款多做点贡献，就毫不犹豫地掏出500元大钞，此举得到广播局记者的一个大特写。

局长办公会上，李局长、赵副局长、钱副局长、孙副局长等局领导班子成员，一致认为小刘政治上还很不成熟，应该多到基层锻炼锻炼。

于是小刘被调到最偏远的夹皮沟乡房管所上班，收拾行李时小刘才得知：几天前的捐款，除了他以外，局长、副局长、科长、科员都是按照级别分别捐款400元、300元、200元、100元。

（十六）离奇药效

最近，不知道怎么搞的，好多人患上了失眠症。来县人民医院就诊的失眠患者人满为患，医院人手不够，难于应付，连忙向卫生局告急，希望卫生局调拨其他医院的医务人员来帮忙。

卫生局熊局长的秘书小张，外号"鬼精灵"，他接到电话后，眼珠一转，狡黠地笑道："依我看，不妨邀请熊局长为患者作几场讲话报告试试。"

医院院长一时没有听懂，但知道熊局长喜欢做讲话报告，便点头答应了。

报告会如期举行，熊局长在台上口若悬河，失眠症患者听着听着就在会场呼呼大睡。

这真是有心栽花花不发，无心插柳柳成荫。失眠症不治而愈，患者们都感到很惊讶，很高兴。患者们自发赠送熊局长一面锦旗，题词是"人民满意公仆"。

（十七）领导来电

县建设局老干部科是个可有可无的清闲科室，科长王耍耍经常旷工不上班，工作不认真，同事关系也不好。因为王耍耍是市政府汤副市长的亲戚，局长拿他没有办法。

"你能把我怎么样？你把我表舅汤副市长也一块撤职吧？"自恃有靠山的王耍耍常拿这话儿压人。

这事不知怎么给汤副市长知道了，汤副市长对表侄儿飞扬跋扈的做派很生气，认为不制止必将损害自己在基层的形象，便打电话给县长和县建设局局长，要求对王耍耍严惩严办。

汤副市长亲自过问，县长和局长都觉得此事非同小可。

不久，王科长升任县建设局副局长。

（本系列文章分别发表于《小说月刊》《金田》《新民晚报》《羊城晚报》《杂文报》等，入选2011年吉林人民出版社《打开的天空：当代中国闪小说名家作品集》、贵州人民出版社《中国闪小说年度佳作2014》、2014年泰国泰华文学出版社《黄河湄南河上的星光》等，被《小说选刊》《微型小说月报》《晚报文萃》《芳草·经典阅读》《文萃报》等50余家文摘类报纸杂志选载。）

领掌员

从外地调来的王书记特别喜欢作报告，一个月下来，干部们总结王书记作报告有三个特点：第一，频率高。白天作，晚上也作；工作日作，双休日也作。第二，方言重。虽然说的是普通话，但没有几个干部能全听懂。第三，时间长。经常一开场就讲半天，听得台下的干部恹恹欲睡。

干部们感觉很累，很烦。

但王书记不累，不烦。王书记找区委会作风督查办肖主任谈话，虎着脸问："每次会议都没有听到干部们几次掌声，会议气氛这么差，干部们的精气神到哪里去了？"

肖主任一听懂了：王书记作报告还有第四个特点，喜欢听掌声。

这可不好办，王书记作的报告之所以掌声小、掌声少，就是因为作报告的频率高干部不愿意鼓掌，就是因为王书记方言重听不太明白不好鼓掌，就是因为报告时间长干部恹恹欲睡无力鼓掌。

但存在的问题必须解决，领导的指示必须落实。肖主任马上牵头召集全区部门和乡镇负责人，召开鼓掌工作紧急会，对鼓掌工作作出了周密部署。要求全区干部从讲政治的角度，高度重视会议气氛的营造，带头热烈鼓掌。

紧急会取得了一定成效。从此以后，王书记作报告，掌声响多了，会议气氛热烈多了。当然，王书记的脸色也好看多了。

但新的问题又冒出来了。干部们争着鼓掌，常常打断王书记的报告。鼓掌不整齐，有时候冷不丁冒出几个稀稀拉拉的掌声，引得干部们捂着嘴偷笑。

王书记的脸色由晴转阴了。

肖主任心一沉，脑袋飞快地转着。办法总比困难多，一个新的点子在他脑海里迅速形成。

从此以后，干部们注意到，王书记作报告，会场上都印发了报告稿，大家用不着再做记录。最为关键的是，报告稿上对鼓掌的地方作了标注。大家按照标注整齐划一地热烈鼓掌，会场上常常听到干部们雷鸣般的甚至经久不息的掌声，王书记的脸上终于露出了灿烂的笑容。

肖主任心里的那块石头终于落了地。

然而始料未及的是，这事不知怎么被省都市报的几个记者知道了，记者把王书记的报告稿公布到网上，网民们骂声一片，并戏谑为"标注门"事件。

王书记的脸都气绿了。

肖主任只得使出最后一招——到王书记原来工作过的地方"取经"。来到外地，归口接待的会风督查办主任听了情况介绍，哈哈笑道："你早咨询一下就好了，也少走那么多弯路。王书记喜欢掌声，我们办公室就专门培养了一名领掌员，由他负责引领参会干部鼓掌。王书记调走后，这名领掌员便失去了价值。凑巧的是，他老家就是你们那里的，我建议你们调他回家乡工作，也好发挥他的作用。"这真是瞌睡遇到枕头，肖主任连连点头。

自从领掌员到位，王书记作报告，鼓掌热烈而有序有节，会场气氛开创了一个全新的局面，迈上了一个崭新的台阶。

（本文发表于2012年8月24日《内蒙古日报》，被《新智慧·故事精》2012年第12期、《微型小说月报》2013年第2期等转载，入选2013年新华出版社《传递正能量：最好看的廉政小小说100篇》。）

没事别乱批评人

这天，小赵在办公室很无聊，便上网看起黄色电影。因为看得太起劲，连马局长走到身边都没有察觉。马局长一拍桌子，吼道："小赵，上班看黄色电影，太不像话！不想上班就滚蛋，滚回家去看！"

事发突然，并且批评得如此之狠，小赵没有任何思想准备，脸上不由得青一阵白一阵，说不出话来。小赵是马局长的秘书兼司机，与马局长关系很铁，人称"马局长肚子里的蛔虫"，很少挨马局长批评。

直到马局长摔门而去，小赵才回过神来。小赵很不服气，心想：平时他自己不也喜欢看黄色电影么，今天真是莫名其妙！平时出差，还是我替你物色"三陪女"呢，今天装什么假正经？平时我做牛做马，把你伺候得舒舒服服的，到头来叫我滚蛋，真是令人心寒！

小赵越想越气，索性关掉电脑，自言自语道："滚蛋就滚蛋，老子当真滚回家去看！"他直接回家去了！

到了家门口，小赵拿钥匙开门，门打不开，里面反锁上了，怎么回事？难道妻子妖妖在家？小赵一边捶门一边高喊："妖妖！妖妖在家吗？妖妖开门！"

过了好一会儿，妖妖才披头散发、衣衫凌乱地来开门。见妖妖神色极不自然，小赵狐疑地问："你今天怎么没有去上班？"妖妖夸张地咳嗽了下回答："我今天不舒服。"小赵继续追问："那你怎么把门反锁上了？这么久才来开门？"

妖妖结巴着说："我这……这不是……睡得太死了吗？"

小赵不再搭理妖妖，认真地查看家里的每个角落，包括床下、衣柜、杂物间、阳台等。小赵听得卫生间窗外"咚"的一声响，忙探出头一看：原来楼下的护城河里，正在开展游泳比赛，一群选手正游过小赵所在的小区。小赵所在的小区依河而建、临水而居，小赵没看出什么破绽。

此刻，护城河里，一位戴墨镜的小伙，正慌乱而拼命地往前游，混入了游泳队伍中，他就是从小赵家卫生间窗户跳下的"墨镜男"。他的心咚咚直跳，把本来就很好的水性发挥到极致，不一会儿就把游泳队伍甩在了后面。忽然，一阵掌声响起来，原来他第一个游到终点，成了冠军！

游泳比赛颁奖台就设在护城河岸边，比赛结束后举行现场颁奖。"墨镜男"惊奇地发现：除自己外，其他获奖选手全是区"四大班子"领导，此刻他们正冷眼看着自己；而颁奖嘉宾，竟然是市体育局的领导！"墨镜男"忐忑不安地低下头。

颁奖仪式刚结束,获游泳比赛第二名的区委熊书记就阴着脸,把区体育局牛局长叫到身边,狠狠地骂了一顿。熊书记说:"你这游泳比赛怎么搞的?关于推荐你进市管后备干部的事情,我看就算了。"牛局长冷汗直冒,连连检讨。

待熊书记一离开,牛局长马上召集人马,火速调查"墨镜男"的身份。牛局长知道,区"四大班子"领导都喜欢游泳,特别是区委熊书记,游泳水平很高,区体育局因此组织策划了这次活动。这次游泳比赛名义上说是全民参与,但体育局精心挑选了群众选手,并给他们作了思想工作,叫他们只作陪衬,以确保领导们获奖。哪知道被这个不知道哪里跑出来的"墨镜男"搅乱了计划,真是气煞人也!

不一会儿,派出去的工作人员就把"墨镜男"的情况摸清楚了,"墨镜男"原来是宏太文化体育总公司钱总的宝贝儿子!

牛局长一听肺都气炸了:老子长期采购你公司的体育产品,你公司才如此壮大,你才过得如此滋润,而你的儿子竟然来坏我的好事,看老子不修理你!牛局长越想越气,抓起电话给钱总拨过去,吼道:"你儿子坏了我的好事,你公司的体育产品,从今以后我们体育局不要了!今年订购的,全部退货!"

那边钱总听清楚事情的来龙去脉后,连忙道歉,并低声下气地解释和请求:"今年体育局要的产品,我们已全部上了生产线,这批产品是量身定做的,数量又太大,牛局长您如果退货,我们卖给谁呀?那我可亏惨了……"

牛局长在鼻子里"哼"了一声,冷冰冰地说:"那我不管,要怪就怪你儿子!"说完挂了电话,关了机。

钱总感觉一下子掉进了深渊。钱总知道,牛局长是个说一不二的人,他决定了的事情,找再多人劝说也没用。他想:这些年来,自己没少给牛局长好处。牛局长胃口越来越大,要价越来越高,自己为了公司发展，只得忍气吞声。没想到今天牛局长翻脸不认人，竟然悔约，连量身定做的产品都不要了！这牛局长实在是太绝情了！

既然你无情，那别怪我无义！钱总一封实名举报信，将牛局长"请"进了市纪检监察部门的审讯室。

在审讯室，牛局长很后悔给钱总打的那个电话。该怪谁呢？牛局长怪来怪去，账算在了熊书记身上。牛局长想：自己为了进市管后备干部名单，在熊书记身上没少花心思。连熊书记的老妈生病，都是自己在医院代熊书记伺候着。熊书记的老妈去世了，自己在灵堂哭得比熊书记还声嘶力竭，熊书记怎么这么快就忘了？仅仅因为游泳比赛得了第二名，熊书记就怪罪自己，就放弃推荐自己进市管后备干部的承诺，真是太不讲信用了！

既然你无情，那别怪我无义！牛局长为争取立功，向市纪检监察部门检举揭发了熊书记的违法违纪行为。

随着钱总、牛局长、熊书记案情的不断曝光，"墨镜男"获游泳比赛大奖的真相大白于天下，小赵终于知道妖妖给自己戴了顶绿帽子。在大家的指指点点、讥笑声中，小赵只得和妖妖离了婚。

小赵想：要是自己那天不赌气回家，该多好啊！即使妖妖给自己戴绿帽子，但也不至于闹到满城风雨的地步！该怪谁呢？小赵怪来怪去，账算在了马局长身上。要是马局长不批评自己，自己也不至于赌气回家！

既然你无情，那别怪我无义！小赵一封实名举报信，将马局长也"请"进了市纪检监察部门的审讯室。

在审讯室，马局长直捶脑袋，后悔得要死：那天，小赵好好的，自己为什么要批评小赵呢？真是莫名其妙，真是莫名其妙！

（本文发表于《微型小说月报》原创版 2014 年第 3 期，被《小品文选刊·笑林》2014 年第 8 期、《微型小说选刊·金故事》2014 年第 10 期等转载。）

离奇还债

Liqi Huanzhai

第三辑

【导读】

　　《聊斋志异》堪称中国文言短篇小说中的奇葩，其内容多是千字左右的短文，包罗万象、言简意赅。而本专辑收录的"新聊斋"小小说，以现代社会为背景，将花妖狐魅与幽冥世界的事物人格化、社会化，旨在劝善惩恶，彰显爱憎，寄寓理想，用以警世。

离奇还债

（一）

　　这天深夜，单身汉王强正在家里酣睡，忽然被一阵急促的敲门声惊醒。王强睁开惺忪的双眼，不耐烦地起了床。打开门一看，来人是大学同学李悔，只见他脸色苍白，两眼无神，在昏暗闪烁的楼道灯光下显得阴森恐怖。王强冷着脸说："你来干什么？这里不欢迎你！咱们法庭上见！"见王强准备关门，李悔忙伸出一只冰冷的手拦住，说："老同学别忙，我今天是特地来向你赔罪的！我错了，我不该鬼迷心窍昧了你的血翡翠。现在我要把它还给你，不然我会永远自责的。"

　　原来，王强和李悔是大学同学。上周星期一，李悔出差到王强所在城市，顺便到王强家玩。虽然两人以前感情交往不深，但毕竟同窗苦读过，况且现在又在不同的城市工作，见了面自然都非常高兴，喝着喝着就都醉了。王强趁着酒兴拿出一块祖传的血翡翠在李悔面前炫耀。但见那块翡翠绿中带红，红的地方像血丝一样连绵不绝，若隐若现。李悔是收藏迷，经常看中央电视二台"寻宝"节目，一眼就认出这确实是价格昂贵的血翡翠，不由眼睛都看直了。他啧啧称赞，拿在手里翻来覆去把玩，久久不肯放下。第二天一大早，李悔便称单位有急事告辞。王强送李悔到车站，总感觉李悔神色慌乱，一副魂不守舍的样子。王强觉得奇怪，回到家一看血翡翠没了，才醒悟过来。王强忙打电话追问李悔，但李悔死活不承认，气得王强直骂娘。王强正计划通过法律手段起诉李悔，没想到李悔自动找上门来。

现在见李悔真心悔过，并答应归还血翡翠，王强气一消，心一软，叹道："早知如此，何必当初！"便把李悔让进屋，并准备去泡茶。李悔又伸出那只冰冷的手拦住王强，低声说："老同学不用了，我马上要到一个很远的地方去。因为走得太匆忙，你的血翡翠还放在我家里。请你明天一定要到我家去取，过了明天你就永远得不到血翡翠了！记住啊！"说着递给王强一个地址。王强被李悔的话搞得云里雾里，正待细问，却见李悔已经轻轻退出门去，转眼不见身影……

（二）

第二天一大早，王强便给李悔打电话，但总是打不通。虽然满脑子的疑问，王强还是赶往车站，坐上了开往李悔所在城市的客车。好在两地相距并不太远，黄昏时王强便找到了李悔所居住的小区，叩响了李悔的家门。

开门的是位年轻少妇，她两眼红肿，脸色苍白得吓人，一看就知道哭了很久，伤心过度。王强说明来意，少妇忙招呼王强进屋，并自称是李悔的爱人吴小芳。王强刚落座，小芳便从里间拿出血翡翠递到王强手中。王强注意到，血翡翠上面的血丝似乎更粗更密了，红得刺眼。王强一仰头，竟看见了墙上李悔的黑框画像！墙上的李悔向王强歉意地笑，吓得王强大叫起来："天哪！有鬼！这……这怎么回事？"

见王强瑟瑟发抖，脸色大变，准备夺门而出，小芳安慰道："王大哥，你不要怕！李悔成了鬼，也只会帮你，不会害你的！李悔的死，与其说是血翡翠害的，不如说是他自己害自己呀！"小芳顿了顿，抹抹泪接着说："前段时间，李悔和单位的一个同事竞争副局长职位。李悔知道，不给贪财的局长送礼，这副局长位置没他的份。李悔很穷，正愁没有本事向爱好翡翠玉器的局长送礼，却在无意中看到了你的血翡翠。他内心苦苦挣扎，最后是贪欲占了上风，趁你熟睡偷了血翡翠。上周二傍晚，李悔一回到家，就拉着我一起乘出租车赶往局长家送礼，哪知道那出租车司机酒后驾驶，闯红灯时与一辆大客车相撞，李悔当场身亡……这真是人算不如天算，自己酿的苦果自己尝啊！"

　　原来是这么回事，王强听得流下泪来。现在他终于理解，昨晚冥冥之中的李悔所说的"要到一个很远的地方去"的深刻含义了。王强向黑框画像深深地鞠了三个躬，说："老同学，我原谅你了！你好好安息吧……"王强看见墙上的李悔笑了，但笑得很诡秘……

　　（三）

　　第二天，王强带着血翡翠回家。来到居住的小区门口，却见自己所住的那幢楼不见了，取而代之的是满地废墟，哭声一片。大家看见王强很惊诧，接着便欢喜地跟他握手和拥抱。原来，昨天中午这幢楼发生大爆炸，所有住户全部遇难，发生爆炸的原因正在调查中。王强因为外出，成为这幢楼唯一的幸存者。"请你明天一定要到我家去取，过了明天你就永远得不到血翡翠了！记住啊！"王强倏地想起李悔的警告，不禁打了个冷战！

　　王强飞跑进网吧，上网查询李悔所在城市近期交通事故案。一搜索，结果就出来了：上周二晚发生的司机酒后驾车致发生重大交通事故案，司机和两名乘客都当场身亡，李悔和吴小芳均在亡故者名单中，这令王强嘴巴张大得合不拢来！

　　王强的大脑一片空白，他当即赶往车站，再次坐上了开往李悔所在城市的客车。按照李悔给的地址，却再也没有找到李悔所居住的小区，再也没见到那个两眼红肿的小芳……

　　（本文发表于《故事林》B 版 2011 年第 9 期、2011 年 4 月 3 日西班牙《华新报》，获 2011 年西班牙世界华文小小说征文比赛优秀奖。）

离奇中奖

出了工地，二狗子脑袋昏沉沉地往出租屋赶。天快黑了，他忽然发现路旁竟有一家海鲜馆！这家海鲜馆何时开的？狐疑的二狗子正准备离开，馆里跑出一对老年夫妇，一把拉住他说："小伙子，你是来我家海鲜馆的第一位顾客，真幸运。我们决定免费招待你，今天晚上管你吃喝，还可以抽奖。"

有这等好事？二狗子从没吃过海鲜，做梦都想吃一回。但自己来城里打拼，就是为了赚足钱买一套属于自己的房子，然后把老婆翠兰接进城一起生活。吃一顿生猛的海鲜，那得花多少钱呀。二狗子经常对自己说：等自己将来有了钱，买了房，再去吃海鲜也不迟！而今天，竟可以不花钱实现愿望，这真是太好了！

二狗子高高兴兴地走进海鲜馆。一会儿，满桌的叫不出名的菜摆上了。他不由得口水直流，一阵狼吞虎咽。老年夫妇慈祥地看着他，一边微笑一边点头。二狗子感觉肚子快撑破时，才恋恋不舍放下碗筷。他抹抹嘴说："谢谢两位老人家！"

二狗子正要出门，被老年夫妇拦住了。老年夫妇说："小伙子，别忙走。我们除了免费招待你，你还可以抽一次奖。奖品什么都有，特等奖是一套新房！"

二狗子太惊讶了。平时商家搞的有奖促销，奖品大多是牙膏牙刷。免费吃海鲜还可以抽奖住新房，这样的好事，不是做梦吧？他哆嗦着手抽了张奖券，打开一看竟是特等奖！

这实在是太不可思议了。二狗子哪有这个心理准备，一下子显得语无伦次："这奖太重了……不可能吧？这不应该属于我……"

"恭喜恭喜！这是你应得的！"老年夫妇还是慈祥地笑，"我们现在就把钥匙交给你……"

二狗子拿着钥匙，不知怎么出的门。他想马上把这不可思议的喜讯告诉翠兰。他的老家在城外的山沟里，离城里有几个小时的山路。因为家里没电话，他决定趁夜跑步回家。

夜太黑了，二狗子走进山里似乎迷了路，天亮时才回到家。家里没人，忽然听到屋后传来哭声。他跑过去一看，翠兰正跪在一座新坟前，披麻戴孝，哭得像个泪人。旁边还有一些亲友和不认识的人。二狗子喊："翠兰，这怎么回事？"翠兰似乎听不见。二狗子拍拍翠兰肩膀，翠兰浑然不觉。二狗子想扶翠兰起来，翠兰纹丝不动。

怎么回事？二狗子一抬头，猛然发现——新坟的墓碑上，刻的是自己的名字！

自己死了？二狗子大脑一片空白！

这时候，只见一位中年男人牵着一名小学生，哭着给新坟跪下了。男人对翠兰说："翠兰大姐，二狗子哥是在下班路上，为抢救我家小强而出的车祸，他是英雄！我们永远感激他！小强，快给恩人磕头！"

看着小强的脸，二狗子一下子触电似的，一个场景闪现在他的脑海：下班途中，他看见一辆失控的大货车横冲直撞，眼看就要撞到一个放学的小学生身上！二狗子来不及多想，一个箭步上前，把小学生往外使劲一推！小学生得救了，而自己倒在了车轮下……

男人的哭声打断了二狗子的回忆。男人哭喊道："二狗子哥，你放心地去吧！翠兰大姐的生活，我会一直替您照料的。还有，我过世的爸爸妈妈给我托梦，说你未尽的愿望是住上新房和吃海鲜，我们已经烧了很多给你，若您地下有知，请尽情享用……"

男人的头抬起来，二狗子看见，男人和小强的脸，像极了海鲜馆里的那对慈祥的老年夫妇……

（本文发表于《现代青年》细节版2013年第1期。）

同床同梦

这天堂山真的是人间天堂，云蒸霞蔚，山险峰峻，有着看不够的奇花异草。王总和狐妖妖大呼过瘾，流连忘返，直到太阳下山时，才恋恋不舍地走下山来。

山下已经没有一个游客，两人不由得加快了脚步。转过山脚，忽然看见一个算命看相的占卜摊摆在路边。王总和狐妖妖虽走得急，但对占卜师还是不由得多看了两眼。因为这人油光满面，大腹便便，一身名牌，不像占卜师，倒像大款大腕。

王总正要擦身而过，却被占卜师一把拉住了。占卜师说："先生等等，咱们有缘，我为你算一卦吧，不收钱。"

王总连连摆手："不必了，天快黑了，我们要赶路呢。老实说，我们不信你这一套。"

占卜师一点儿不恼，回答道："看你们两人的面相，不久有灾祸，我可以帮你们化解。"

狐妖妖很生气，挽住王总的手说："老公，别听这骗子胡说八道，甭理他，咱们走！"

占卜师看了看狐妖妖，冷冷地说："从面相看，他不是你的老公，你不是他的老婆，你是他的小三！"

王总和狐妖妖大吃一惊，异口同声说："胡说！"

占卜师依旧不冷不热地说："这怎么能瞒过我的眼睛？小三看上去很美，其实不然！你们都还年轻，我劝你们回头是岸，早日分道扬镳，不然祸及双方，悔之晚矣……"

王总和狐妖妖既尴尬慌乱又恼羞成怒，王总恶狠狠地说："真晦气！要不是老子赶时间，一定收拾你！"说完拉起狐妖妖扬长而去。占卜师摇摇头："我送两个梦给你们吧，梦醒了，你们就明白了……"

王总和狐妖妖被占卜师这一闹，心情很不好，没有了往日激情，早早就睡下了。第二天一大早醒来，两人你望我，我望你，都一脸惊恐。狐妖妖说："老公，我昨夜做噩梦了。我梦见我怀孕了，你却叫我不要这个孩子，但我想要，你就不理我了。我很痛苦，就给你两个选择：要么跟你老婆离婚，和我正大光明在一起；要么赔偿我青春损失费和孩子的抚养费，否则我就到你公司闹，到你家闹。结果你约我到河边谈谈，喝了你给我下毒的饮料后，我就死了……"

王总一听惊恐万状，大叫："我的天哪！我昨夜也做了和你同样的梦！我还梦见你死后，我用钢丝将你绑在大石头上，推向河底。我以为做得神不知鬼不觉，哪知道几天后，你的尸体还是浮了起来，一个渔夫报了案……公安人员来到公司，把我带走了。不久，法院以故意杀人罪判我死刑。一声枪响，我也死了……"

狐妖妖听完，张大嘴巴，好久没有合上。那占卜师是人是鬼？王总和狐妖妖穿上衣服，顾不得吃早餐，匆匆来到昨天傍晚路过的山脚下，却哪里还有占卜摊和占卜师？两人狐疑地向旅游区管理人员打听，管理人员一点也不惊讶："你们是一对野鸳鸯吧，这里最近已经发生好几起这样的事件了……"

管理人员说，前不久，一个油光满面、大腹便便、一身名牌的大款带着小三来天堂山旅游。本来玩得好好的，小三却提出"转正"要求，这违背了两人以前的协议，大款自然不同意。小三大哭大闹，对大款大打出手，大款盛怒之下情绪失控，失手杀死了小三，然后自杀了。大款本来有个美满幸福的家庭，如今酿成大错，追悔莫及。大款的魂魄似乎还留在天堂山，久久不肯离去。夜深人静，他常常为携带小三的游客占卜……

从天堂山回来，王总和狐妖妖互相不辞而别，再无联系……

（本文发表于《新故事会》钻石版 2012 年第 12 期、2013 年 12 月 26 日加拿大《七天》报，被《微型小说选刊》2013 年第 6 期等转载。）

包 公

建设局的蔡局长到外地出差，顺便游山玩水，好不快活。这天晚上他睡不着，便走出宾馆到街头散步。

蔡局长浏览着景区光怪陆离的夜景，不知不觉来到一家名叫"包公泥人馆"的店铺。店铺装潢古色古香，弥漫着一股神秘迷离、摄人心魄的气息。蔡局长一下来了兴致，便跨进了店门。

店里面只有一个老人，老人古装打扮，黑脸长须，身穿蟒袍，头戴乌纱，特别是脸面黑如锅底，额头还有一道弯弯的月牙！这不是戏曲舞台上的包公是谁？蔡局长笑问道："包公，你是这店的老板吗？"

"是呀，"包公点点头，反问道："客官要制作泥人吗？我这里制作泥人半个时辰就好，并且质量保证，产品跟真人一样！"

蔡局长从没有听说过制作泥人半个时辰就好，也没有见到店里有水盂、弓、笃板、格子等制作工具，更没有见到黄泥、红泥、白泥等制作原料，不禁皱起了眉头。

见蔡局长半信半疑，包公拿出一个数码相机，给蔡局长正面、侧面、背面分别照了全身照，说："有照片就可以制作啦，你放心吧！我去去就回，你参观参观橱窗里的泥人吧！"说完不见人影了。

蔡局长便来到橱窗前，认真参观里面的泥人。这些泥人有古代的，有现代的，不一而足。有的似乎向蔡局长眨眼睛，有的似乎想跟蔡局长说话，真是栩栩如生。这些泥人右手都贴着编号签，离自己最近的泥人，编号已达 10000 号！

半个时辰工夫，包公回来了。蔡局长一看泥人，简直就是自己的浓缩版，太逼真了！蔡局长高高兴兴地掏钱，并叫包公开发票，要求发票上单位写"建设局"，品种写"办公用品"。

包公面无表情，不动声色地问："这是你私人购买的东西，干嘛开公家发票？你拿回单位报销，这不是贪污吗？"

蔡局长一听很不是滋味，生气地回答："买东西索要发票，这是顾客的权利。至于我是否回单位报销，关你屁事！"

包公不再争辩，开好发票交给蔡局长。在接过发票的一刹那，蔡局长全身一抖，仿佛触电一般……

回到单位，蔡局长将发票交给财务处报销，便回家睡觉了。第二天，蔡局长醒来，发现自己没有躺在床上，而是站在"包公泥人馆"的橱柜里。他想大叫，但喊不出声；他想离开，却迈不开步子，原来，他已经变成了泥人！他的右手也贴着编号签，编号是 10001 号！

蔡局长大骇，他惊愕地打量身边的泥人，发现古代的泥人大都穿着各朝代的官袍，而现代的泥人大都跟自己一样腆着肚子，肥头大耳，一副贪官样……

（本文发表于《金山》2013 年第 8 期，被《杂文选刊》上旬版 2013 年第 9 期等转载，入选漓江出版社《2013 中国年度杂文》。）

金棺材

自从当上建设局局长，王局长的生活便发生了翻天覆地的变化：位高权重，家人、亲戚、朋友等跟着沾光，好不得意！开发商、建筑老板、包工头趋之若鹜，走到哪里都前呼后拥，好不气派！特别是家里的那只"母老虎"似的局长夫人，一下子变成了"小绵羊"，让王局长好生受用！

这天中午，王局长参加一个宴会，酒足饭饱后感到很困，便叫司机送他回家睡午觉。刚到家，王局长便倒在床上睡着了。

恍惚中，一个老人在王局长床前飘过，老人脸色苍白，眼窝像两个黑洞，很吓人。王局长大惊，厉声呵斥道："你是谁？你怎么进来的？快给我滚出去！"

老人停下来，一点也不生气，但声音冷冰冰，像是冰窖里发出的："我是死神，专管人间众生生死的，我路过这，不小心走进了你梦中，对不起。"

"死神？这世界上有死神？"王局长嗤之以鼻，"拿这把戏来骗我？也不看看我是谁，哼！"

老人不恼，反问："那你觉得我是干什么的？"

王局长斜看了老人一眼，说："私自闯进别人家里，除了小偷，还会有谁这么干？"

"哦，好吧，就算我是小偷吧，那我也是偷命的小偷……"老人想了想，掐指一算，"我想提醒你——如果你不好自为之，你只有一年的寿辰啦！"

王局长一下子被激怒了，吼道："你这不是咒我死吗？你这糟老头子！我身体健康，家庭幸福，事业春风得意，天天心情舒畅，肯定长命百岁！还有一年的寿辰？笑话！"

老人重重地叹了口气，说："不信？那我留一副小棺材在你床头柜上，你该相信了吧？我不小心走进你梦中，算是有缘，所以我最后再奉劝你一句——你只有自己救自己……"

老人说完，就要离开。王局长想拉老人的衣角，但没有拉住。王局长一个踉跄，醒了过来。

王局长感到脑袋有点疼，嘀咕道："原来做了个噩梦。"

但是，他的眼睛马上睁得比铜铃还大，酒一下子也全醒了，他一声惊叫:"我的妈呀——"

原来,床头柜上,果然放着一副小棺材!

在客厅搞清洁的"小绵羊"听到惊叫声,连忙推门进来。见王局长一身冷汗,浑身发抖,温柔地问:"你这是怎么啦?"

王局长结结巴巴地回答:"糟了……完了……我梦见死神了……死神说,我只有一年的寿辰了……"

"小绵羊"一听大为光火,马上恢复"母老虎"模样,一个耳光甩过去,骂道:"你这没出息的东西!你还是不是个男人?一个噩梦就吓成这样,真丢老娘的脸!"

王局长捂着火辣辣的脸,指着小棺材辩解说:"是真的,死神还留了个信物,就是这东西!"

"母老虎"一看,哈哈大笑,笑得腰都直不起来:"刚才开发商张总来过了,特意送你这副金棺材,意在祝你升官发财。你在睡午觉,所以就没有叫醒你,是我把金棺材放在你床头柜上的!你这死鬼,竟然说是死神留的信物!哈哈,哈哈……"

原来虚惊一场!王局长擦擦冷汗,长长地舒了口气。他爱不释手地把玩着这纯金制作的棺材,脸上恢复了自信的笑容……

一年后,王局长因为贪污受贿被"双规",失去自由。因数额巨大,王局长被判处死刑立即执行。在执行死刑后倒下的一瞬间,王局长恍惚看见一个老人向自己走来,老人脸色苍白,眼窝像两个黑洞,很吓人……

(本文发表于《金山》2013年第9期,被《微型小说选刊·金故事》2014年第6期等转载。)

白裙红裙

　　燕子来这个城市找工作，运气非常好，第一天去一家报社应聘，就顺利成为这家报社的试用记者。燕子很高兴，当天下午就在报社附近物色出租屋。

　　哪知道，报社附近几条街的出租屋生意很红火，到处爆满，剩下的大多是套房，太大，燕子租不起。天都快黑了，燕子还没有找到合适的房子。走到街尾，燕子感觉腿脚酸痛极了。

　　就在燕子心灰意冷时，她忽然发现街尾最后一家房门上，贴着一则"房屋寻合租启事"。启事上说，本房屋寻求合租者，对记者特别优惠。

　　燕子乐了，看来自己真是运气到家了，她高兴地敲响了门。

　　开门的是位穿着白裙子的女孩，虽然显得清瘦纤弱，但皮肤雪白，很漂亮纯净。燕子说明来意后，白裙女孩笑道："哦，姐姐是记者，那太好了。这是我昨天在一个老太婆那里租的房子，我才住一天呢。我一个人住在这里很害怕，姐姐住进来，我正好有个伴。至于房租，姐姐你自己看着给就行。"

　　燕子没想到这小妹妹这么好说话，连声表示感谢。燕子猜测问道："小妹妹，你对记者这样好，莫非你自己是记者？"

　　白裙女孩笑道："我不是记者，但我男朋友是记者。"

　　燕子恍然大悟道："哦，原来是这样。"燕子感到心里很温暖。

　　谈了一会儿，白裙女孩便带燕子参观房间。这是一套两室一厅一卫一厨的出租房，布置很简单，没啥特别。但卫生间里有个特大的浴缸，摆在那里很不协调，燕子皱皱眉。白裙女孩笑道："我在里面泡过澡了，很舒服呢。"

就在燕子准备洗澡休息时，忽然接到报社电话，叫她赶紧到报社开会，燕子抓起手机就跑。

来到报社，才知道明天有领导来突击视察报社，报社社长只得趁夜安排接待工作。会议结束，大家各忙各的，社长关切地问燕子："你刚来，找到住处了吗？"

"谢谢领导关心！"燕子向社长鞠了一个躬，接着把找住处的经过说了一遍。哪知道社长越听脸色越惨白，他颤抖地说："哎呀，忘了告诉你了，街尾最后那家出租屋是个鬼屋，已经有好几个人死在那里了，你千万别回去住了……"

燕子吓得连连点头，掉头就跑，说："昨天有个小妹妹已经搬进去住了，我没有她的手机号码，我得马上回去叫她搬走，顺便把我的行李拿出来。"

燕子回到出租屋，掏出钥匙，但手却不停地发抖。一个念头划过脑际：要是白裙女孩是鬼怎么办？

燕子更加害怕了，想转身离开。但转念又想：要是白裙女孩不是鬼，她对自己这样好，自己不救她，良心上怎么过得去？

犹豫了好久，燕子定定神、咬咬牙，还是打开了房门。房间里没有开灯，但透过屋外的月光，屋内的家具能看出大致轮廓。燕子蹑手蹑脚地走到白裙女孩住的房间，却被白裙女孩一把拉住了。燕子正想惊叫，嘴却被白裙女孩蒙住了。白裙女孩用另一只手在嘴边"嘘"了一声，然后指了指卫生间——

透过屋外的月光，燕子看见卫生间内有一个打扮古怪的老太婆，嘴里念着什么，正用锤子敲打着大浴缸！老太婆嘴里发出的声音以及浴缸被敲破发出的声音，是那样令人心惊胆战！

燕子几乎要晕厥了！

事不宜迟，燕子拉着白裙女孩，弓着腰，一步一步走向大门口！

燕子知道，只要逃离这里，她们就安全了！

谢天谢地的是，老太婆并没有注意到她们。燕子拉着白裙女孩一路飞奔，终于逃离了那条街！两人一屁股坐在广场的路灯下，大口大口地喘气！

这时候，燕子的手机响了，是陌生电话。燕子以为是报社社长或者同事打来的，一接听，却是一个老太婆急促的声音："快走！别回出租屋！这里闹鬼，已经死了很多人！"

燕子狐疑地问："你是谁？你怎么知道我的电话？"

"我是出租屋的主人，我刚才回老屋，看到你的行李包有你的电话号码，这才给你打电话。自从我的孙女在这里自杀后，这屋再没有住过人，也没有出租过，可这屋里老死人，都是我那孙女造的孽呀……"老太婆的声音显得很苍老很痛苦。

"那你孙女为什么自杀呀？"

"我的孙女爱上了一个长得很帅的记者，那个记者把我孙女的钱用光、把人玩够后，无情地抛弃了她，与另一个女记者相好。我的孙女接受不了这个现实，就穿上她最喜欢的一套白裙子，在浴缸里割腕自杀了。可怜啊，她的白裙子被鲜血染成了红裙子……"

"啪"的一声，燕子的手机掉在地上。燕子惊愕地看见：自己刚才拉着的小妹妹，她尖利的指甲已经触到自己脖颈，她身上的白裙已经变成了血红的裙子……

（本文发表于《大唐民间艺术》2014年第1期、2014年1月13日苏里南《中华日报》，被《微型小说选刊》2014年第7期、《幽默讽刺·精短小说》2014年第8期等转载。）

我还算是狗吗

富贵他爹临死的时候，床边跪着一人一狗。人是富贵，狗是大黄。富贵抹着眼泪喊："爹，您走了，家里只剩下我一个人，我该怎么办呀？"

富贵他爹强撑着病体坐起来，回答说："我走了，你再无牵挂，是该离开村子，到外面的世界闯闯了。你从小就聪明能干，还怕饿着饭吗？"

富贵没有回应，大黄却悲伤地呜咽了一声。

富贵他爹慈爱地抚摸大黄的头，盯着富贵的眼睛，费力地说："你要答应我，无论走到哪里，都要把大黄带在身边，对大黄好，以报答大黄的大恩大德。"

富贵当然知道，那年冬天，富贵他爹突然倒在山坡上，若不是大黄跑到村卫生室大吼大叫，非要叼着医生的裤管往山上拖，富贵他爹早没命了。富贵他爹得的是一种罕见的晕厥突发症，大黄成了富贵家的救命恩"狗"。想到这里，富贵使劲地点点头。

富贵他爹满意地笑了，永远地闭上了眼睛……

安葬好爹后，富贵带着大黄，离开村子，到城市里打工。富贵租了一套小户型的房住下来，和大黄相依为命。

富贵在公司里很肯干，头脑又活络，很讨老板钱总的喜欢。不久，富贵就升为车间小组长。富贵一步一个脚印，接连升任车间副主任、主任。更难得的是，富贵从小在农村长大，农活干得多，练得一身虎背熊腰，仿佛浑身有使不完的劲儿，竟引起了钱总的宝贝女儿娇娇的好感。富贵的未来，可以说是充满了阳光和希望。

福兮祸兮，世事难料。这天富贵刚回家，却突然口吐白沫，晕倒在地……富贵醒来的时候已经躺在床上，身边是几名面孔熟悉的医务人员。富贵的出租房隔壁就是一家私立医院，富贵和部分医务人员都熟悉了。见富贵醒来，医务人员舒了一口气，说："你得的是一种罕见的晕厥突发症，是遗传性的。若不是你家的狗硬叼着我们的裤管往你家拖，你早就没命了。"

病好后，富贵对大黄更好了。公司里如果有接待，餐后桌上剩下的大鱼大肉，富贵总是打包回家，拿给大黄享用。而以前富贵没有这样做，是怕公司领导们笑话他。大黄似乎明白自己的生活待遇提高了，看见富贵回家，总是尾巴摇得更勤，叫得更欢了……

周末的一天下午，富贵和大黄在家睡午觉，忽然富贵的手机响了。富贵一看号码，是钱总的，一下子睡意全无，连忙接听。钱总在电话那头笑呵呵地说："富贵呀，听说你家养了条很不错的土狗，我来看看，我五分钟后就到。"

富贵还愣着呢，钱总就来敲门了。一进门，钱总就盯着大黄看，眼睛发光，赞叹着："全纯黄毛，果然是土狗中的极品！"

富贵心里一沉：莫不是钱总看上了大黄，要据为己有？

哪知道钱总说出一番话来，令富贵更措手不及、目瞪口呆。钱总笑呵呵地说："富贵呀，我生平没什么爱好，就一个，喜欢吃土狗肉，特别是全纯黄毛的极品土狗，你舍得给我吗？"

富贵面有难色，委婉地推辞道："钱总，大黄跟我们很多年了，在我家穷得揭不开锅的时候，大黄都没有离开过我们。更重要的是，大黄救过我和我爹的命，是我家的救命恩人！"

"什么救命恩人，说到底还不是一条畜生！"钱总脸色马上由晴转阴，气呼呼地坐下来。

富贵赔着小心，眼珠一转，小声说："钱总消消气，要不这样，我回农村老家重新帮你物色一条全纯黄毛的极品土狗？"

钱总鼻子哼了一声："我想吃土狗，那还不容易？我这是对你是否忠诚的考验！你连一条畜生都不舍得给我，我还舍得把公司副总职位给你吗？舍得把宝贝女儿娇娇给你吗？"

富贵吃了一惊。最近两天，公司传出钱总将提升自己为副总，钱总有意栽培自己做女婿，没想到这些传言竟然是真的！

富贵痛苦地抚摸着大黄的头。富贵知道，自己若答应钱总，美好的前程等着自己。或许将来有一天，整个公司都是属于自己的！自己若不答应钱总，这一切都将成为泡影。自己甚至在公司也待不下去，生活将回到原来的样子……

钱总的脸色已经铁青，他蔑视地看了看富贵，起身准备离开。富贵艰难地咽了一下口水："钱总，您等等……"

富贵狠狠心，拿出一条绳吊在房檐上。他在一端打了一个活套，给大黄套上了。大黄没有跑开，听话地任凭主人摆布……

大黄被吊起来，呼吸越来越弱。它没有吼叫，也没有挣扎，这让富贵惊诧不已。富贵不敢正视大黄的眼睛，痛苦地说："你怎么不跑呀？畜生到底是畜生，不懂得人的算计呀。"

哪知道临死的大黄眼角淌出一滴硕大的泪珠，憋出一句人话："我如果那样，还算是条狗吗……"

（本文发表于2014年6月24日《农业科技报》。）

前世今生

虎子和小米是一对小夫妻，两人都喜欢做梦。

虎子总是做同一个梦。他总是梦见自己睁着火眼金睛，一声大吼，呼啸而下，尖利的牙齿瞬间咬断猎物的喉咙。虎子醒来的时候总是懵懵懵懂懂的，不知道自己在梦中为何如此凶猛。

小米也总是做同一个梦。她总是梦见自己眯着小眼睛，在黑暗的洞里穿行。她飞奔如箭，听力惊人，一颗针掉下，在她耳朵里也发出巨大的响声。小米醒来的时候也总是懵懵懂懂的，不知道自己在梦中为何总是看不见阳光。

虎子和小米很迷茫，去庙里上香时，就将这事情告诉了那里的老住持。

老住持笑着说："人人都会做梦，做梦很正常，这没什么，你们不必太在意。"

"那为什么我们总做同样的梦呢？"虎子和小米异口同声。

老住持沉思了一会儿，摇摇头叹息："唉，谁知道呢？或许这是你们前世的模糊影像……"

虎子和小米对望一眼，点点头。

虎子一下子释然了：自己在梦中总是睁着火眼金睛，一声大吼，呼啸而下，尖利的牙齿瞬间咬断猎物的喉咙，这不是老虎吗？看来自己的前世就是老虎，不然自己怎么叫"虎子"呢？

小米也一下子释然了：自己在梦中总是眯着小眼睛，在黑暗的洞里穿行。自己飞奔如箭，听力惊人，一颗针掉下，在耳朵里也发出巨大的响声，这不是刺猬吗？看来自己的前世就是刺猬，不然自己怎么搞了只小刺猬作宠物，自己最喜欢的发型也是"刺猬型"呢？

从此，虎子就唤小米"小刺猬"，小米就唤虎子"小老虎"。

虎子和小米还是做着同样的梦，但不再觉得惊奇。

这一天，虎子和小米到山上游玩，一不小心掉进了一个漆黑的山洞，叫天天不应，叫地地不灵，两人都饿得昏迷了。

昏迷中，两人开始做梦。虎子睁着火眼金睛，一声大吼，呼啸而下，尖利的牙齿瞬间咬断猎物的喉咙。小米眯着小眼睛，在黑暗的洞里穿行。她飞奔如箭，却突然感觉自己的喉咙一阵刺痛——

在血光飞溅的瞬间，虎子终于看清楚，梦中的自己不是老虎，而是一只猫；小米也终于看清楚，梦中的自己不是刺猬，而是一只老鼠！

几天后，虎子和小米被发现。小米已经死亡，颈部有着一个不堪入目的血洞；虎子满嘴鲜血，虽然活着但已神经错乱……

（本文发表于 2013 年 10 月 15 日《吴江日报》。）

鬼 劫

鬼湾村有个无业青年叫二愣，此人不学无术，好吃懒做，靠偷鸡摸狗和到附近红白喜事家蹭饭过日子。

且说这天二愣偷了几只鸡到集市叫卖，换得钱来便在酒馆里大吃大喝。待吃到日落西山，二愣才醉醺醺地往回赶。

走到村头，天已全黑，前面就是松树林了。虽然二愣常走夜路，胆儿大，但他走到这个地方还是皱了皱眉头。听说这里以前闹过鬼，二愣晚上也不到这个方向发财。二愣正踌躇，忽然松树林里传来断断续续的哭声，听得二愣头皮发麻。二愣哆嗦着正欲转身，忽然眼前闪出几道蓝幽幽的光，强光里飘来一个只见头发不见脸、头发间伸出一条长舌的怪物。"鬼呀！"二愣吓得大叫一声，跌倒在地……

待二愣醒来，天已微亮。二愣光着脚，新皮鞋已消失了。一摸口袋，钱也不见了。二愣正想骂娘，却见身边有个塑料长舌头——这不是玩装神弄鬼的把戏，骗人钱财吗？二愣捡起长舌头，心中有了主意。

不久，村尾的楠竹林里突然闹起了鬼。村尾的楠竹林和村头的松树林是村人进出村子的必经之路，因此就常有村民和走夜路商人被吓得弃财而逃。不用说，这村尾的楠竹林是二愣搞的鬼。

这天天刚黑，二愣便守在楠竹林里等猎物。忽然听到楠竹林外传来一个老太婆的声音:"老伴,天都黑了,我好害怕。"接着听到一个老大爷爽朗的笑声:"哈哈哈,马上就到家了,怕什么呀?我没有通知娃子们来接我们,是为了给他们一个惊喜啊。"发财的机会又到了,二愣禁不住一阵狂喜。他连忙收拾停当,潜伏在路旁。等到两位老者走近,二愣迅速打开电筒,将蓝幽幽的光照在自己身上。这突然出现的只见头发不见脸、头发间伸出一条长舌的怪物将两位老者吓晕过去……二愣窃得大笔钱财,连忙逃窜。

因为有了钱,二愣第二天便跑到集市去吃喝玩乐。当晚他喝得醉醺醺地往回赶,还没有走到村头,就见前面迎来一男一女两位老者,速度极快。走在前面的老太婆指着二愣说:"老伴,昨晚就是这个贼谋财害命,害得我们有家不能回呀。"老大爷目光凶狠,咬牙回答:"那我就用老烟枪敲烂他的脑袋吧。"看来是两位老者醒来后在寻找自己,现在认出了自己啊。二愣听了心虚,忙掉头就跑,哪知才跑几步就被两位老者赶上,老大爷举起老烟枪向二愣迎头一敲,二愣的头顿时鲜血直冒,一会儿就昏厥在地……

次日晨,二愣醒来,觉得头昏沉沉的,似做过噩梦一般。二愣爬起来,狐疑地往回赶。在楠竹林附近,二愣听得一阵哀乐声。看来又是哪家死了人,今天又可以蹭饭了。二愣一喜,摸着饿瘪的肚子迎声而去。

这户人家正在吃斋饭,二愣挤身上座,并没有人注意到他。忽然席上一客人叹气道:"张大爷和张大娘外出多年,这次回家看望家人和我们这些亲朋好友,没想到前天在楠竹林里双双突发心脏病而亡,真是可惜啊。"二愣听了大吃一惊,忙朝灵堂方向一望,果见遗像里的一男一女两位老者正狠狠地瞪着自己,二愣吓得屁滚尿流,飞奔而去。

二愣跑到集市,见人来人往,心才稍安。他走进一家酒馆,想喝杯酒压压惊。他跟几个熟客打招呼,几个熟客竟视而不见。他叫了几声服务员，竟没有人理他。二愣气呼呼地想找酒馆老板评理，却见老板正在看当天的早报。二愣凑上前去，看见报纸头版登着自己的照片，照片上自己仰面倒在地上，头上露出一个大洞，鲜血流了一地。文章写的是：继前夜鬼湾村楠竹林里两位老者离奇死亡后，昨夜又有一无业青年二愣离奇死亡，警方已经介入调查……

（本文发表于2013年6月19日《台湾新闻报》。）

我不是托
Wo Bushi Tuo
第四辑

【导读】

　　大千世界，无奇不有。人上一百，形形色色。本辑作品敏锐地捕捉生活中的每一个片段、每一个场景，将人情百态精雕细刻，将人性刻画得入木三分，以揭示社会伦理。一叶知秋，含蓄隽永，世间百态、人生慨叹尽在其中。

宠物狗和老娘

　　狗子和老婆翠花到城里打工多年，好不容易攒够了钱，买了一套漂亮的新房。两口子喜滋滋地搬了进去，终于过上了城里人的日子。
　　翠花很羡慕城里人养的那些叫做宠物的小猫小狗，但以前自己跟狗子住在简陋阴暗的出租房里，条件很差，哪里还顾得上养宠物？现在搬进了新房，生活好了，翠花第一件事就是去宠物市场买了条斑点狗，并取名叫"贝贝"。
　　贝贝长得很可爱，最与众不同的是眉头上长着一颗"美狗痣"，大大的，圆圆的，红红的。贝贝也很听话，挺讨人喜欢，给狗子家带来了无穷欢乐。翠花经常搂着贝贝睡觉，亲热得令狗子吃醋。
　　狗子乡下老家住着年迈的爹娘，两位老人身体都不好。这天狗子爹下地干活，突然倒在地上，在送村卫生室的路上就去世了。在安葬老人后，亲戚长辈们都说剩下狗子娘在乡下孤苦无依，劝狗子两口子把老娘接进城享享福。
　　狗子当然愿意把老娘接进城享福，连连说"好"，但看到翠花乌云密布的脸色，便不敢再说话。在家里，翠花是母夜叉，狗子什么都听翠花的。刚搬进新房时，狗子就提出接爹娘进城同住，被翠花骂了个狗血淋头。

虽然翠花不愿意，但是有一天，几个年长且威望很高的长辈把狗子娘亲自送到了城里来，翠花不好发作，只得作罢。

狗子娘虽然进了城，但她丝毫没有找到享福的感觉。一是因为狗子整天早出晚归，没有时间陪她，城里也没个说话的熟人，狗子娘便更加怀念故去的老伴；二是因为媳妇翠花对她冷眉竖眼，爱理不理，在这个家里狗子娘仿佛成了多余的人。

狗子娘常常羡慕地望着被翠花宠着的贝贝。翠花对贝贝可好了，一天到晚陪它说话，出去散步回来就给贝贝洗澡。有时候贝贝心情不好，不吃饭，翠花还哄个不停，还亲自给它喂饭。狗子娘想：翠花要是对自己有对贝贝万分之一好，那自己也心满意足了。

为了讨得媳妇的欢心，狗子娘不但承包了所有家务，包括买菜、洗衣服、拖地、做饭等，还精心护理贝贝的生活起居，比如把"狗床"收拾得干干净净；比如贝贝感冒的时候，为贝贝熬制精致的"狗粥"；比如天冷的时候，为贝贝套上"狗夹克"等等。虽然这样，翠花还经常指责婆婆这样做得不好、那样做得不好，狗子娘变得越来越沉默寡言。

这天傍晚，狗子娘买菜回家，忘了关上门。因为最近生病，她累得上气不接下气。她稍微休息了一下，就赶紧在家做饭，刚做好，媳妇翠花就回来了。

"贝贝！贝贝！贝贝！"翠花连唤几声，都没有听到贝贝欢叫的声音。翠花在家里慌乱地四处查找后，指着狗子娘骂道："你这老不死的，刚才我进屋时门是虚掩的，贝贝肯定溜出去了！贝贝可是我们家的心肝宝贝！你给我赶紧出去找，找不到，你就死到外面，别回这个家！"

狗子娘受了一通骂，觉得既惭愧自责，又委屈痛心，还担心害怕。她连连认错，流着泪出了家门。

这时候已经是冬天，寒风呼啸。"贝贝！贝贝！贝贝！"狗子娘四处寻找贝贝，嗓子都喊破了，嘴角渗出了鲜血。夜已经深了，狗子娘冷得直哆嗦。她再也走不动了，便倒在一屋檐下睡着了。睡梦中，狗子娘感觉自己变成了贝贝……

第二天一大早，狗子娘从梦中醒来，看了看自己，差点吓个半死！原来自己全身毛茸茸的，斑点密布，长着四条腿，成了一条狗！狗子娘走到一块镜子边仔细一瞧：自己眉头上长着一颗"美狗痣"，大大的，圆圆的，红红的，自己真正地变成了贝贝！

"贝贝"不知所措，慌乱地回到家门口，不停地叫唤。听到狗叫声，狗子和翠花开了门。见是"贝贝"，翠花大喜过望，一下子抱起来亲个不停，边哭边说："贝贝你跑到哪里去了？可想死我了！""贝贝"想解释自己不是真贝贝，是狗子娘，但话到嘴边却变成了"汪……汪……汪"。

狗子一见"贝贝"大为火起，他瞪红着眼睛，抡起拳头，准备抢翠花手中的宝贝。狗子吼道："就是你这死东西乱跑，害得我老娘因为找你都失踪了，我要杀了你这畜生！"

"贝贝"躲在翠花的怀里，看着儿子的表现，"贝贝"既心酸，又欣慰，儿子毕竟是亲骨肉，舍不得老娘！

"娘！是儿不孝啊！"狗子的哭喊，让"贝贝"也老泪纵横……

时间一天一天过去，因为找不到老娘，狗子的脾气变得越来越坏，连翠花都害怕。狗子把老娘的失踪归罪于翠花和"贝贝"，天天骂人骂狗。翠花自感心虚，常常抱着"贝贝"流泪。家里拿主意掌舵的人变成了狗子，翠花什么都听狗子的。狗子和翠花常常抱着"贝贝"到庙里去烧香拜佛，两口子诉说对不起老娘，请老娘原谅自己的罪过，祈求神仙保佑老娘重新回到他们身边。见儿子和媳妇都有着悔改之心，"贝贝"感到自己虽然做了一条狗，但比做人还幸福！

这天，狗子两口子抱着"贝贝"准备到庙里去，走得太累了，便躺在半山腰一棵老枯树下休息，两口子一会儿就靠着树干睡着了。"贝贝"忽然听到"哧哧"的声音，定睛一看差点吓得魂飞魄散：原来枯树洞里爬出来一条吐着芯子的大毒蛇，正一点一点向狗子两口子逼近！

"贝贝"连忙"汪汪"大叫，但两口子没有听见。"贝贝"赶紧去扯两人的裤角，两人动了动，打了个哈欠，又继续睡去。眼看毒蛇就要咬上翠花的小腿，"贝贝"来不及多想，一口向蛇头咬去……

过了许久，狗子两口子醒来，被眼前的一幕吓了一跳。一条大毒蛇死在他们面前，蛇头被"贝贝"咬在嘴里。"贝贝"满嘴鲜血，两眼圆睁，也早已经死亡！

"是贝贝救了我们啊！"两口子伤心地捧起"贝贝"。突然他们惊愕地发现："贝贝"圆睁的眼里，是狗子娘清晰的面容！"贝贝"眼角流出的，是两行苍老的浑浊的泪！

"娘！"

"婆婆！"

狗子两口子如梦初醒，一起给"贝贝"跪下了……

（本文发表于《小说月刊》2014年第1期、2014年1月8日瑞典《北欧时报》。）

如此夫妻

小王新婚后，虽然对妻子燕儿恩爱有加，但仍然像婚前一样，经常和铁哥们儿柱子一起玩，有时候还在柱子家过夜，让燕儿一人在家独守空房，燕儿很苦恼。

燕儿了解到，小王和柱子是大学同学，毕业后又同时应聘到一家大型企业工作。柱子性格内向，没有其他朋友，所以和小王上下班都形影不离，感情很深。

燕儿向三个闺蜜平平、菊菊、芳芳诉说苦恼，平平分析道："你老公结婚了还经常和铁哥们儿一起玩,这是他还没有转换家庭角色的表现,得转移他的注意力才行。"脑袋灵光的菊菊献出一计:"燕儿,转移你老公的注意力,我有办法,那就是叫你老公陪我们打麻将!你不喜欢打麻将,但我和平平、芳芳喜欢,我们经常三缺一,正好叫你老公来填空。"燕儿心里没底,想了想,说:"那我试试吧。"

燕儿叫小王陪她的三个闺蜜打麻将,没想到小王爽快地答应了。从此,小王迷上了与燕儿的三个闺蜜打麻将,渐渐疏远了铁哥们儿柱子。有时候柱子打电话叫小王去陪他喝酒,小王打麻将正打得兴起,连电话都懒得回,燕儿见了暗暗高兴。

但燕儿高兴了没多久,新的问题又出来了。小王与平平、菊菊、芳芳打麻将的瘾越来越大。以前都是燕儿约三个闺蜜来自己家和小王玩,渐渐地,小王经常外出到她们家玩,有时候甚至通宵达旦不回家,照样留下燕儿一人在家独守空房,燕儿很生气。

燕儿指责三个闺蜜抢去了她老公的时间,三个闺蜜不好意思地道歉说"对不起",但又解释说小王和她们玩得很愉快,小王真的很好玩很好玩。

小王照样和平平、菊菊、芳芳玩得不亦乐乎,燕儿在屡次劝告无效的情况下,忽然想到一个恶作剧,她向三个闺蜜发出一条可怕的短信:"告诉你们一个秘密——我老公患有艾滋病,你们经常跟他一起玩,可要小心了!"燕儿暗暗发笑,其实小王健康着呢!只是燕儿一不小心,还把短信发给了柱子,令燕儿遗憾不已。

果不其然,三个闺蜜不再和小王来往,小王天天准时回家陪燕儿,天天在家过夜,令燕儿感到很幸福。

然而令燕儿意想不到的是,不久后的一天,燕儿乘坐公交车上班,路过市中心的艾滋病检测中心门口时,透过验血室窗户,燕儿看见了她的三个闺蜜,还有三个闺蜜并不认识的柱子……

(本文发表于2015年4月28日《黄山日报》。)

你相信算命吗

在这条街尾,新摆了两个地摊,一个是补鞋的,一个是算命的。补鞋匠原来在闹市区补鞋,闹市区人来人往,生意当然好,但影响了城市主干道市容市貌,被市政部门撵到这里来了。而算命这工作,从来都是在背街小巷才能顺利进行的。

有生意的时候,补鞋匠和算命师各忙各的;没有生意的时候,两人就聊聊天,话话家常。慢慢地,两人就彼此熟悉了。算命师的鞋破了,就照顾补鞋匠的生意,而补鞋匠只收算命师一半的钱;而算命师临时有点急事,补鞋匠也帮忙照看着摊子,直到算命师回来。

这天,两人的生意都不好,很无聊。算命师对补鞋匠说:"咱们一起在这里摆地摊也是缘分,要不我免费给你算算命?"

哪知道补鞋匠并不领情,摇摇头回答:"不怕你不高兴,我不相信算命。一个人的命运不是老天爷安排注定的,是掌握在自己手中的。靠补鞋养活自己,这就是我的命。你把我的命算得再好,天上也不会掉馅饼;你把我的命算得再差,我也照样吃饭睡觉。"

在算命师看来,自己的一张热脸贴在了补鞋匠的冷屁股上。补鞋匠的话句句带刺,深深刺痛了算命师的职业自尊心,算命师狠狠地瞪了补鞋匠一眼,不再说话。

从此算命师不再搭理补鞋匠。

几年过去了,补鞋匠不再补鞋,而成为鞋厂老板。补鞋匠逐渐扩大鞋厂规模,吞并了城里几家小鞋厂,并且把与他竞争的一家大型鞋厂也挤出了城外。补鞋匠名气越来越大,他还当选为政协委员。

几年过去了,算命师仍然在算命。城里经常开展反迷信整治行动,算命师只得不断转移工作地点。随着时间推移，他的名气也越来越大，来找他算命的人络绎不绝。

这天，算命师正在家休息，忽然门铃响了。算命师打开门一看，没想到是补鞋匠来了。补鞋匠当然已经不是当年的补鞋匠，此刻他油头滑脸，腰肥肚圆，财大气粗，一身名牌。他一只手拿着中华烟，一只手提着几大包高档补品。

"你这是干啥？"算命师惊异地问。

"你不是说过，咱们在一起摆地摊是缘分吗？我这是来看老朋友来啦，"补鞋匠的神色很凝重，"另外，请你帮我算一下命……"

算命师睁大眼睛，越发惊异地问："你不是不相信算命吗？"

"你大人不记小人过，"补鞋匠尴尬地笑笑，"实话跟你讲，这回我和我的公司被举报偷税漏税、行业欺诈、恶意竞争、产品质量有问题等等，上面正在查这事，我虽然已经上下打点，但心里仍然不踏实……请你给我算算，我这回能躲过这一劫吗……"

（本文发表于《今古传奇·故事版》下半月版2014年第1期，被《重庆商业经济》2014年第6期转载，入选漓江出版社《2014中国年度微型小说》、2015年崇文书局《最受中学生欢迎的佳作年选·小小说》。）

赌气抢劫

"你这个胆小鬼，老娘嫁给你简直倒了八辈子霉！"这天，菱哥又被老婆蛮妞骂得狗血淋头。

"八竿子打不出一个屁来，你这个胆小鬼！"蛮妞骂得天昏地暗。

要在平时，一向胆小怕事的菱哥会耷拉着脑袋抽闷烟，任凭蛮妞大骂。这回却不知道哪根神经出了问题，他跑进厨房，顺手抓起两把菜刀，气鼓鼓对蛮妞大叫："胆小鬼胆小鬼……我受够了！今天我就去做件胆大的事情给你看，你等着瞧！"

小区外附近就是一条公路，菱哥气鼓鼓地来到路边，上了一辆公共汽车。他心跳得厉害，感到非常害怕。他正后悔着想下车，但看见车外蛮妞气势汹汹地向这边走来，便把心一横，对司机吼道："把车开到边上，老子抢劫！"

事情发生得太突然，司机和乘客们都吓住了。司机看着寒光闪闪的菜刀，手哆嗦着，把车停在路边。

空气一下子凝固了，菱哥和一车乘客都脸色煞白：菱哥害怕乘客揍他，一人一拳他也死定了；乘客害怕菱哥砍人，那样的话不死即伤……

车后座一个年轻人低声对周围的乘客说："歹徒一个人，我们这么多人，大家团结起来对付他！"

菱哥的心一紧，菜刀差点掉地上。

然而年轻人的肩膀马上被几个中年人、老年人按住了。

中年人惊恐地说："你怎么确定这车上和车下没有潜伏着其他歹徒？把歹徒逼急了，大家可要遭殃……"

老年人惊恐地说："他一个人都敢抢劫，说明是个亡命之徒，这样的歹徒最可怕！你逞英雄，说不定要累及家人遭报复……"

中年人、老年人话音刚落，周围几个乘客坐不住了，马上掏钱掏物，说："算了，舍财免灾，安全第一！"

见那几个乘客主动上前交钱，菱哥悬着的心一下子放松下来，高声宣布："交前十位的打五折，前二十位的打八折！"

这下可好了，全车乘客一拥而上！

菱哥慌了，忙叫唤："排队排队！"

大家争先恐后排起队。一个眼镜客没有把握住机会，被挤在了队末。眼镜客眼珠一转，可怜巴巴地对菱哥说："大哥，我帮你维持秩序，你给我打五折，好吗？"在得到肯定答复后，眼镜高兴地跑到队伍前面维持秩序。

这奖励措施一下子刺激了其他乘客。为了打折，大家纷纷想办法。

"大哥，我看你空手来，连个装钱的包都没有，我把我的皮箱送给你，好吗？"

"大哥，我看你一个人忙不过来，我帮你收钱，好吗？"

"大哥，我到车外帮你放风，好吗？我不会跑的，我跑了你以后会找麻烦的！"

……

这些合理愿望全部得到满足。这些乘客们得胜似的交打折的钱，一副如释重负的样子。那些没有办法打折的乘客，艳羡地看着他们，一个个摇头叹气，连喊"倒霉"。最后，大家和萎哥挥手，送萎哥下车。

"慢！"车刚要启动，刚赶到的蛮妞一步蹿上车，急切地道歉和哀求："各位乘客对不起，对不起！我老公不是歹徒，他是和我赌气才抢劫呀！这是犯罪，是要坐牢的呀……我把他抢的东西全还给你们，大家行行好，原谅他，不要报警，求求你们，好吗？"

全车乘客愣住了：刚把歹徒送下车，喘了一口气，怎么又来了个退钱的？歹徒抢劫有主动退钱的吗？"大姐，我们是主动把钱送给大哥的，你们收下吧！"一个中年妇女表态说。

"对对对，是我们主动送的！"一群人附和着。

"大姐你下车吧，我们还要赶回家做饭呢！"几个人把蛮妞推下车。

"死司机，快开车快开车！"有人骂着司机。车一溜烟而去，蛮妞和萎哥茫然地望着车逃跑的方向……

（本文发表于《小说月刊》2013年第1期，被《晚报文萃》开心版2013年第6期等转载。）

黄鼠狼和鸡的爱情

黄鼠狼的爸爸妈妈长期在外寻找猎物,丢下黄鼠狼一个人宅在窝里,黄鼠狼觉得很无聊。但他又不敢私自外出,怕遇见猎人或者蛇、狼狗这些天敌,无奈之下只得靠上网来打发时间。

黄鼠狼的网名叫"善良的黄鼠狼哥哥",这天他刚登录聊天大厅,就看到一条火药味很浓的信息:"世界上哪有善良的黄鼠狼?黄鼠狼都是坏蛋!社会上骗子多得不得了,大家要提高警惕!"黄鼠狼很生气,一看发信者的网名,不禁张大了嘴——对方叫"可爱的鸡妹妹"!

黄鼠狼愣了几分钟,给鸡发了条短信:"请问鸡妹妹,你从没有见过我,你怎么认定我是坏蛋?"

鸡冷冷回答:"不要叫我妹妹!做你的妹妹真可怕,我可不敢。你听说过黄鼠狼给鸡拜年的故事吧?"

"那,那我叫你鸡小姐吧……"黄鼠狼又愣了几分钟回答,"听爸爸妈妈说,鸡最恨我们黄鼠狼了。可是,世界上没有绝对的好或者坏,比如,人有好人,也有坏人;虫有益虫,也有害虫。那么,黄鼠狼也有好有坏吧……"

鸡哈哈笑道:"黄鼠狼也有好的?笑死我了!你倒说说看,你是怎样的一只好的黄鼠狼?"

黄鼠狼认真回答道:"从小到大,我都住在窝里,从没有出去过,我可没有干过任何一件坏事呀。"

"那你见过鸡吗?没有吃过鸡肉吗?"鸡步步紧逼。

"我从没见过鸡,不知道鸡长什么样子……"黄鼠狼茫然回答。顿了顿,黄鼠狼又补充说,"我们住的这个地方狼狗多,爸爸妈妈不让我出去，怕有危险。我们主要吃的是老鼠和剩饭……"

对方沉默了好长一段时间，问："你说的是真的吗？"

黄鼠狼诚恳地说："鸡妹妹，是真的。"

这回，鸡没有反驳黄鼠狼叫她"鸡妹妹"了。

黄鼠狼发出一个握手的表情，鸡很快回应。

两个都高兴地笑了。

两个很快聊起来，不久就成为无话不谈的好朋友。鸡讲的那些故事很新奇，黄鼠狼听得如痴如醉。黄鼠狼是多么渴望鸡带他去看看外面精彩的世界啊！但他也知道，爸爸妈妈是不会同意他出去闯荡的。

有好几天，鸡没有在线，黄鼠狼感到很失落，很惆怅，很苦。黄鼠狼天天守在电脑旁，给鸡不停地发询问信息。

这天鸡终于上线，黄鼠狼一下子流泪了："鸡妹妹，我想你想得好苦呀，你到哪里去了？是不是遇到什么危险？可担心死我了。"

鸡发出一个道歉的表情说："对不起，我病了，病得很重，所以没有上线。这几天我也挺想念你……"

黄鼠狼流泪说："我想我是爱上你了……"

鸡也流泪说："我想我也是……"

黄鼠狼发出一个亲吻的表情，鸡很快回应。

两个都幸福地笑了。

黄鼠狼说："我想见你，我渴望你带我去看看外面精彩的世界！"

鸡说："好啊，那你怎么出来？"

黄鼠狼想了想回答："我想办法偷走爸爸妈妈的钥匙，就可以打开门出来了！"

"那太好了！"鸡兴奋地喊，但马上担忧地问，"你不怕爸爸妈妈责怪你吗？你不怕遇见大狼狗吗？"

黄鼠狼毫不犹豫回答："不怕！为了见你，值得！"

鸡再次幸福地哭了……

在一个傍晚，黄鼠狼和鸡终于见面了。黄鼠狼看见，鸡是那样的漂亮，是那样的小鸟依人；鸡发现，黄鼠狼并不是爸爸妈妈说的那样可怕，黄鼠狼眼里满是柔情呢！

黄鼠狼和鸡相拥在一起……

他们来到自助餐厅。鸡把黄鼠狼按在座位上说："你坐一会儿，我去给你拿吃的……"黄鼠狼听话地点点头。

一会儿，桌上便堆满了食物，鸡看着黄鼠狼狼吞虎咽的样子，感到很开心。

"什么菜最好吃呀？"鸡调皮地问。

"这盘菜最好吃，简直太好吃了！"黄鼠狼指着一盘菜，兴奋得两眼放光。

鸡一看呆住了。她脸色苍白地站起来，语无伦次地说："那，那我再给你盛一些来……"

"好好好，要快！"黄鼠狼舔着指头上的油，迫不及待地说。

但是黄鼠狼等了很久很久，也不见鸡出现。黄鼠狼到处寻找，也丝毫不见鸡的踪影，黄鼠狼感到很茫然。

此刻，鸡正飞奔在路上，泪水浸湿了回家的路。她知道，黄鼠狼最爱吃的那盘肉——那盘触目惊心的鸡肉，为他们的爱情永远画上了句号……

（本文发表于《澳门文艺》2012年第2期，入选《中国当代文艺名家代表作典藏·2014年卷》，获第十届"中华颂"全国文学艺术大赛一等奖。）

你的爱情要什么

强子和燕儿从小一块儿长大,两人从幼儿园、小学、中学一直读到大学,都在一个班,算得上是青梅竹马、两小无猜了。毕业后两人又一起应聘到同一家广告公司工作,更算得上是如影相随、有缘有分了。

"燕儿,嫁给我吧!"

在公司工作不久,强子就正式向燕儿求婚。强子想,他和燕儿读高中时就有那朦胧的"意思",大一时正式谈恋爱,到现在工作和生活基本稳定,是该结束爱情"马拉松"长跑,成家立业了。

哪知道燕儿一听强子求婚,神色很不自然,说话也吞吞吐吐。燕儿说:"我们不合适,我们算了吧……"

这太出乎意料了,强子不太相信:"你这是说的玩笑话吧?"他伸出手想去摸燕儿额头。

伸出的手被燕儿坚决地打了回来。

强子大惊,大惑,这才想起最近一段时间,公司里有几个年轻小伙向燕儿献殷勤,就连年轻帅气的公司老总,看燕儿的眼光也是火辣辣的。强子当时还得意呢,认为这说明燕儿漂亮,有魅力。哪知道燕儿花心了,不愿意嫁给自己呢!

强子努力稳定了一下情绪,问:"你告诉我,这是为什么?"

燕儿说:"你知道的,我的爸爸妈妈都反对……我们的爱情没有基础……"

是啊,强子和燕儿两家都很穷,燕儿的爸爸妈妈一向反对女儿和强子恋爱。强子一下子明白了,爱情不浪漫,爱情真现实,现实真残酷啊！才离开大学校园步入世俗社会，燕儿就嫌他是穷光蛋了！

强子感到鼻头发酸，他自始至终是深爱着燕儿的呀！他在心里痛苦地挣扎着，无力地问道："虽然我现在很穷，没车没房没存款，但我们从小一块儿长大，有二十多年的感情和爱，这还不成为爱情的基础吗？"

见燕儿不回答，强子哀求道："我们成家后可以一起奋斗，我会给你幸福生活的，我保证！"

燕儿咬咬嘴唇，似乎有些动摇。但最终狠狠心，掉头走了。

"燕儿，燕儿，你回来！回来……" 强子跌坐在地，第一次为爱情流下心酸痛苦的泪水！

度过了一个不眠之夜，强子到公司辞了职，离开了这座伤心的城市。原来，爱情的基础不是爱，不是情，是生存，是柴米油盐，是房，是车，是钞票。强子算是看透了爱情。他发誓：一定要出人头地！一定要夯实爱情的基础！

弹指一挥间，十年过去了。这十年里，强子睡过大桥洞，吃过冷馊饭，被人骂过，被人打过，他都忍了下来。他从一个车间工人做起，做过小组长、班长、车间主任、副厂长、厂长、一步一个脚印，一直做到公司董事长。

强子成功了，也需要成个家了。

强子知道，自己身边美女如云。他需要谁，就可以得到谁，包括有夫之妇。但他无法辨别的是，她们当中，谁是真正爱他的。

强子想了个办法，到婚介所去征婚。他刻意隐瞒了自己的身份，只说自己是公司里的一个小职员，没车没房没存款，但正直善良，有爱心，愿找一位具有相同品德的女孩平凡地度过一生。

意外的是，在婚介所，强子遇见了燕儿，燕儿是婚介所的一名普通职员。燕儿穿得很朴素，但整洁。虽然看上去有点沧桑，但仍然掩不住她固有的美丽。

看见强子，燕儿既惊喜，又慌乱，又惭愧，脸涨得通红，语无伦次：“啊，是强子，真没想到在这里见到你……你还没有成家呀？"

在强子的执意要求下，燕儿和强子一起去了餐厅。两人分别诉说着这十年来各自的经历。当然，强子继续隐瞒了自己的身份，说自己是公司里的一个小职员，虽然没车没房没存款，但生活得很平淡很幸福。

对自己的命运，燕儿摇头叹息。她告诉强子，强子辞职后不久，在广告公司老总的强力攻势下，在爸爸妈妈的极力支持下，她和老总结了婚。爱情的物质基础坚不可摧，原以为会幸福一生，哪知道结婚才一年多，老公就经常不回家，回家也不怎么搭理她。有时候老公醉醺醺回家，还骂人、打人。后来了解到，老公在外面不仅养着"二奶"，还养着"三奶""四奶"！原来男人有钱就变坏，她绝望了！她毅然和老公离了婚，来到这座陌生的城市……

燕儿流泪了，强子连忙递上纸巾。燕儿趁势捉住强子的手，久久不愿松开。燕儿哭着说："强子，我错了！我终于懂了：爱情的基础不是生存，不是油米柴盐，不是房，不是车，不是钞票，是爱，是情！你原谅我，我们重新开始，好吗？"

望着燕儿近乎乞求的目光，强子心很痛，他讷讷地："这……"

"强子，你不知道，我真后悔伤了你的心啊。离婚后，我没有再婚，常常想起你，但我没有勇气来找你……" 燕儿泣不成声了。

强子一下子心软了。其实这十年来，自己何曾忘过燕儿呀！对于她，他爱过、恨过、怨过、想过，总是那么割舍不下！

"可是，我只是公司里的一个小职员，没车没房没存款，不能带给你幸福呀……"

"我只要你，你就是我的全部！"

两人抱在一起，都哭了，他们终于重新找回了爱情的甜蜜和幸福！

仿佛又回到热恋时光，他俩外出痛痛快快地玩了几天，并商定了婚期。回来后，强子将燕儿带回公司，他想给燕儿一个大大的惊喜！

然而就在当晚，燕儿不见了。燕儿给强子留下一封信，信上写道："强子，我永远地走了，不要找我。当我来到你的公司，看着你的得意，你不知道我有多绝望！我有多绝望！这不是我要的爱情！这真的不是我要的爱情！忘掉我吧……"

信纸滑落在地，强子呆了……

（本文发表于《小说月刊》2013年第6期、2013年5月8日泰国《中华日报》、2013年11月4日荷兰《侨报》。）

闹 钟

张三睡醒的时候，天已大亮。张三有早起的习惯，这回睡过头，原来是闹钟出了问题。虽然到公司上班的时间还很充足，不会迟到，但张三心里还是感到有一点不舒服，他狠狠地拍了一下坏掉的闹钟。

张三出得门来，来到街上，脑子里全是那只坏掉的闹钟。他的步子似乎比平时快了些。在转过街角时，冷不防一口痰从一个店面吐出来，落在了自己肩上。

"哎呀，这位大哥，对不起，我不是故意的！"吐痰的店老板慌忙道歉。

张三是个有涵养的人，要是在平时，可能这事就算了，可这回却有一股火直蹿脑门，他脸色发青，接连发问："你没有长眼睛吗？你是这样吐痰的吗？"

"哎呀，这位大哥，对不起，我这几天生病了，咳嗽，刚才没有忍住！"店老板边解释，边拿湿毛巾擦张三肩上的痰。

"我看你是脑袋有病，神经病！"张三骂了一通，狠狠地吐了一口痰在地，走了。

店里的员工看着脸涨得通红的店老板,窃窃私语。店老板是个有涵养的人,要是在平时,可能这没什么。可刚挨了一通骂,正无处发泄,顿时一股火直蹿脑门,吼道:"看什么看?养你们吃干饭呀?干活!"然后指着一深度近视的眼镜员工:"你眼睛有问题,脑袋也有问题吗?你负责的店庆宣传展板怎么还没有做好?"

眼镜被骂得摸不着头脑,昨天他才跟店老板做了汇报,广告公司承诺一两天内将宣传展板做好运送过来,店老板听了汇报后没有说什么,因为离店庆还有整整一周时间,早着呢。没想到今天店老板竟冲着他发火,自己成了出气筒!

怀着一肚子委屈,眼镜气呼呼地抓起电话,给广告公司老总打电话:"喂,老总吗?我们订做的店庆宣传展板今天就要到位,请尽快给我们运送过来!"

广告公司老总的声音很高,他惊讶地问:"不是说好明天再给你们送过来吗?你们订做的店庆宣传展板刚做好,还没有装上车呢。公司司机今天肚子疼,请了假,明天送过来,应该没耽搁吧?"

眼镜气呼呼地责问:"还没有装上车?你们公司的职工是蜗牛吗?我们今天就要货,不送过来,今后生意没得做了!"不等对方回答,眼镜"啪"的一声挂了电话。

老总被一阵抢白,一时没有回过神来。"这神经病!"他自言自语骂道。

老总给司机打电话:"光头吗?请你尽快回单位,有一批急货需要你送一下,要快!"

光头司机的声音很高,他惊讶地问:"我不是给你请过假的吗?我正在医院输液,怎么走呀?"

"运送过去只需要半小时时间,你工作完了再回医院嘛!" 老总不耐烦地回答。

光头司机不高兴了,说:"这不是扯淡吗?哪有这样看病的呀?"

老总一听火了:"是你输液重要还是公司重要?你听不听从公司安排?不听,以后就别在公司工作了!"老总"啪"的一声挂了电话。

"这神经病!"光头司机气愤地拔掉了输液的针头。

光头司机回到家,没有理会老婆的询问,拿上车钥匙气呼呼地来到车库。他加足马力将小卡车开上街,在街角转弯处,将正赶往公司上班的张三撞飞。张三飞起来的一刹那,感觉耳朵里全是家里那只坏掉闹钟的响铃声……

(本文发表于《延安文学》2013年第5期、香港《小说与诗》2014年第3期、美国《汉纳》2013年第1期、2014年第28期荷兰《南荷华雨报》。)

我不是托

这天,张三上街闲逛,走到休闲广场时,看见前面围了一群人。张三向来有看稀奇凑热闹的习惯,不禁好奇地围了上去。

张三踮起脚尖,看见一个长得像瘦猴似的中年男人在叫卖跌打膏药,瘦猴脚下的地摊上,摆着五颜六色的药酒瓶罐和大小不一的膏药贴。只见瘦猴扯起嗓子吆喝道:"各位朋友!本人祖宗世代行医,秘传的跌打膏药疗效神奇!如果您的手、脚、腿、胳膊不小心损伤,不必烦恼!本人为你排忧解难,治不好不要钱!"

张三觉得这瘦猴似曾相识,但一时又想不起来。

"是不是真的祖传秘方哟?"一个大爷小声嘀咕。

"疗效有没有这么神奇哟?"两个老太婆异口同声。

瘦猴见围观的群众将信将疑,马上拍着胸脯又吆喝开了:"各位朋友!去年本人在邻县卖药,治好的病人不说上千也至少上百!不信大家看，这是当地报纸刊登的宣传我的文章，还有病人写给我的感谢信和送给我的锦旗！"瘦猴打开一个药箱，拿出报纸、信件、锦旗给大家看。

张三一下子想起来了，瘦猴去年确实在邻县卖过跌打膏药。

看到瘦猴手中的报纸、信件、锦旗，一些群众有些动心了。一个稍微有点跛脚的中年汉子跨前一步，说："我的脚被崴后，已经痛了半年了，我看了好几家医院，都治不断根。你看能治好不？"

瘦猴正准备上前看病，跛脚汉子身后的一个妇女马上拉了跛脚汉子一把，说："老公，你脑袋硬是缺根筋哟！万一他的报纸、信件、锦旗全部是假的呢？"

这一下，围观的群众又议论开了。"对头，是不是卖的狗皮膏药哟？""假药多得很，不要上当哟！""就是就是……"

看着瘦猴很着急很无奈的样子，张三忍不住替他辩解道："大家静一静，我相信这位卖药的师傅不是骗子！我的老家就在邻县，去年我的老妈不小心跌了一跤，虽然没有骨折，但总是疼痛难忍。我赶回老家，陪老妈到县内几家医院看了，都没有效果。一次偶然遇到这位师傅在卖药，便抱着试试看的想法买了些膏药贴了几天，没想到竟好了。这事情千真万确，我可以证明！"

瘦猴用感激的眼光看着张三。跛脚汉子迟疑片刻，再次跨步上前对瘦猴说："既然有人证明有疗效，那你给我看看吧！"

瘦猴正准备撩起跛脚汉子的裤管，又被一个戴鸭舌帽的老汉拦住了。鸭舌帽老汉对跛脚汉子说："小伙子，你要多长个心眼哟！刚才这人证明得可真是时候，我怎么看他都像是托儿呀……"

鸭舌帽老汉一番话，引起一个胖子的极大反响。"他妈的，你究竟是不是托？"胖子指着张三的鼻子吼道。胖子接着对围观群众说："老子这辈子最恨托了！我儿子生病，在一个江湖郎中那里拿药——本来我们不准备在那里拿药的，但是江湖郎中身边的药托演得太逼真了,我们就上了托的当!可怜我儿子吃了假药后,病情更加严重,差点没命了!托比骗子还可恨!"

"打死托……"有人起哄道。

张三慌了,连忙摆手说:"我不是托,我不是托……"

"不是托?哄个鬼?打他,看瘦猴帮不帮忙!"起哄的人更多了。

马上有几个人按上来,对准张三就是一顿拳打脚踢。尤其是那个胖子,出手最重,张三的鼻子马上流出血来。

"我真不是托……"张三捂着鼻子说。

"你们别打了,再打就出问题了!"瘦猴赶紧跑过来,用身体护住张三。

"哈哈,现原形了吧?不是托,我们打他,关你屁事?一起打!"胖子一声吼,雨点般的拳头又落在了瘦猴身上……

直到有人报警,围观群众才慌忙散去。张三哭丧着脸对一脸内疚的瘦猴说:"谁叫你来帮忙呀?我现在不是托也是托了……"

当天,当地网站的各大论坛最火爆的帖子是《卖假药的和药托双双被打,活该》……

(本文发表于 2011 年 12 月 24 日《中国劳动保障报》,被 2012 年 1 月 9 日《文学报·手机小说报》、《新智慧·故事精》2012 年第 3 期、《微型小说选刊》2012 年第 6 期、《重庆商业经济》2014 年第 4 期等转载。)

超 度

"好的,我马上去看看。"张民放下电话,拉上小周往小镇西边的无名寺走去。

今年的春节阳光明媚，暖风习习，特别适宜游玩。原本冷冷清清的无名寺，今年竟然游人众多，煞是热闹。小周一边给张民介绍往年的情况，一边拉着张民往寺庙大门走去。

但见寺庙门内，立着一块烫金的招牌，上面写着"大师免费超度，助您奉献孝心"十二个大字。招牌下，坐着几位新来的大师，他们身穿袈裟、手持念珠、口念佛号。游客一进寺庙大门，首先就被吸引到这里来。

张民正四下张望，一位胖大师站起身，拍拍张民的肩头，和蔼可亲地说："施主，看您面相，和本大师特别有缘。如果您有老人故去，本大师可以免费为老人诵经超度，助您奉献孝心！"

胖大师直奔主题，张民一怔，不相信地问："真是免费吗？"

胖大师点点头，拿出一张符纸来，说："只需施主把已故老人的名字和生辰八字写在上面就行，剩下的交给我们来做！"

张民犹豫了一会儿，还是接过符纸写起来。张民郑重其事地对胖大师说："这是我母亲的姓名和生辰八字，我母亲刚去世不久，有劳大师为她老人家诵经超度。"

胖大师再次点点头，将符纸点燃，口中念念有词。胖大师和其他大师一起诵经，直到符纸化为灰烬。

仪式完成，张民连声称谢，要和胖大师告别。哪知道胖大师拉住张民的手说："施主别忙走！诵经超度仪式做完了，还需要一个送回仪式呢！"

张民一愣，问："啥意思？"

胖大师狡黠笑道："刚才那个仪式，是把老人请出来，为老人诵经超度，这个仪式是免费的。接下来，需要施主出点钱，让我们再做一个诵经送回仪式，把老人送回原来的地方去！"

张民一听吓一跳：原来这免费超度的背后，还有个收费的送回仪式！这不是坑人吗？张民愤愤地问："那做送回仪式，需要多少钱？"

胖大师不紧不慢地说:"最低1000元的返程票,低于这个数老人回不去!当然,我们不强求,你也可以不把老人送回去!"

张民一听怒不可遏!难怪刚才进来的时候,看见一些游客摇着头出门,一副无可奈何、敢怒不敢言、哑巴吃黄连的样子。看来他们一定是挨了宰。张民指着胖大师说:"你们恐怕不是真正的大师吧?你们涉嫌利用游客的宗教信仰和孝心欺诈,跟我回去接受调查!"

胖大师惊慌地问:"您……您是什么人?"

这时,同来的小周跨步上前,掏出证件说:"这是我镇派出所新上任的张所长!今天接到游客举报,张所长就赶来了!"

胖大师一听瘫倒在地……

张民疲惫地回到家,点燃一炷香,对着墙上母亲的遗像,轻声说:"妈妈,我今天用了您老人家的名号去取证骗子的把戏,您不会怪罪我吧……"

(本文发表于2015年3月26日《重庆日报》农村版、2015年5月17日《台湾好报》、2015年5月17日香港《中华时报》。)

权 杖

从前有一位书生,非常迷恋权力,做梦都想当国王。书生天天到寺庙拜佛,希望老天显灵,赐予他至高无上的权力。

很多年过去了,书生还是书生,但书生仍然天天到寺庙拜佛。庙里的方丈叹口气,指点书生说,传说在太阳升起的地方,住着一位神仙,他可以满足任何人的愿望。

书生谢过方丈,收拾包裹上了路。他一直向着东方走,跋山涉水,披星戴月,风餐露宿,不知走过了多少年头,终于来到太阳升起的那座山下，遇见了方丈所说的那位神仙。

书生跪下去，说明了来意。神仙交给书生一根金光闪闪的权杖，说："回去吧，你的愿望随时都可以实现！"

书生感激涕零地接过，感觉那权杖很沉很沉……

书生扛着那沉重的权杖，流着汗喘着气，但却哼着欢快的歌，踏上了回去的路。

在一座深山里，书生遇见一群开采金矿的山里人。这些山里人很少遇见山外人，很惊奇。山里人都劝书生留下来，和他们一起挖金子，拥有享用不尽的财富。

书生不屑地说："我要回去当国王。只要拥有至高无上的权力，天下财富都是我的。"

山里人仍然劝道："您是山外人，那我们拥戴您当我们的国王。"

书生摇摇头拒绝："拥有至高无上的权力就能拥有一切，而你们只能带给我财富。"

书生扛着那沉重的权杖，流着汗喘着气，但却哼着欢快的歌，继续踏上回去的路。

在一片美丽的湖边，书生遇见一位天仙般美丽的少女。少女常年住在这里，很少遇见湖外人，很惊奇。少女希望书生留下来，和她成亲，享受幸福的爱情。

书生不屑地说："我要回去当国王。只要拥有至高无上的权力，天下美女都是我的。"

少女仍然劝道："您是湖外人，那我拥戴您当我们家的国王，我什么都听您的。"

书生摇摇头拒绝："拥有至高无上的权力就能拥有一切，而你只能带给我爱情。"

书生扛着那沉重的权杖，流着汗喘着气，但却哼着欢快的歌，继续踏上回去的路。

在一个神秘的小村庄，书生遇见一群白胡子老人。老人常年住在这世外桃源，很少遇见村外人，很惊奇。老人告诉书生，这个村叫做长寿村，他们都差不多两百岁了。老人希望书生留下来，和他们一起享受健康长寿的人生乐趣。

书生不屑地说："我要回去当国王。只要拥有至高无上的权力，我就是万岁爷。"

老人仍然劝道："您是村外人，又很年轻，那我们拥戴您当我们的国王。"

书生摇摇头拒绝："拥有至高无上的权力就能拥有一切，而你们只能带给我健康。"

书生扛着那沉重的权杖，流着汗喘着气，但却哼着欢快的歌，继续踏上回去的路。他跋山涉水，披星戴月，风餐露宿，不知走过了多少年头，终于来到了自己国家的一条边界河。

书生激动极了。

哪知道山洪突然暴发，书生一下子被冲入水中。书生本来水性极好，但手中拿着沉重的权杖，游起来感到很吃力。"拥有至高无上的权力就能拥有一切！"书生给自己打气。但权杖实在太沉，书生带着权杖慢慢沉入河底⋯⋯

（本文发表于《三月三》2014年第3期、2014年2月17日苏里南《中华日报》。）

恩人与冤家

（一）

这天傍晚，城郊区的菜农李大爷忙完地里的活，看看天色已晚，便擦擦额头上的汗，笑呵呵地望了望绿油油的菜地，准备回家做晚饭。

光着脚板走出菜地，转过山脚，李大爷的家就不远了。李大爷一路哼着小曲，却突然止了声、加快了脚步：原来，前面的小路上，好像躺着一个人！

李大爷睁大眼睛，走近一看，躺在地上的，分明是位衣着华丽的老太婆。老太婆脸色苍白，口吐白沫，已经晕了过去……

李大爷大惊，连忙蹲下身喊："这位大姐，您怎么啦？快醒醒！快醒醒！"老太婆艰难地睁开眼睛，盯了一眼李大爷的光脚板，又晕了过去……

这可怎么办？李大爷望望四周，这里位置偏僻，天又快黑了，除了他和老太婆，没有其他人路过。

李大爷想，要救人，得马上通知老太婆的家人才行！李大爷大着胆子翻看了老太婆的衣袋，遗憾的是没有找到手机，无法与老太婆的家人取得联系！

这下李大爷犯难了。看来要救老太婆，只能靠自己！但这里既没有摄像头，又没有人证物证，万一事后老太婆讹上自己，说是被自己撞晕的，那该怎么办？

李大爷的犹豫和担心不是没有道理的。前一阵子，村里的大憨进城卖菜，见菜市场里面有位老人被拥挤的人群撞倒了，便抢上前去把老人扶起来，还帮忙帮到底，把撞骨折的老人送进医院，哪知道做了好事没有得到好报，反被老人的家属讹上了，这事到现在还没有结果呢。

难道见死不救？自己良心上过得去吗？李大爷叹了口气，思想激烈地斗争着。终于，他咬咬牙，下定决心，背起老太婆向城里的人民医院跑去。

这里是城郊区，离城里的人民医院其实并不远。虽是如此，然而因为老太婆太重，李大爷又心急火燎，所以等李大爷把老太婆背到人民医院时，李大爷已经气喘吁吁，累得不行，穿在身上的汗衫能拧出水来。

李大爷向医生说明了事情的来龙去脉，老太婆被推进了抢救室。李大爷在门外站也不是，坐也不是，焦急地搓着一双长满茧子的手。一会儿，医生从抢救室里出来，笑吟吟对李大爷说："老人家，谢谢您！病人幸亏抢救及时，稍晚一点就会有生命危险，现在已经无大碍了。根据她提供的电话号码，我们通知了她的家属，她的家属马上会赶过来。"听到这里，李大爷长舒了一口气，趁医生不备，悄悄地离开了人民医院。

（二）

几天后，李大爷到菜地里干活，看到村里的几个菜农正急急地往山脚跑。李大爷很好奇，问道："跑啥呢，什么事值得你们这样大惊小怪？"

跑在前头的二柱喘着气说："李大爷，您老人家还不知道呀，村里都传遍了！前几天，不知道是谁在山脚下救了位晕倒在地的富婆，把富婆弄到人民医院后就走了，没有留名留姓，真是个大傻瓜！这不，富婆的儿子到村里来寻找恩人呢！富婆的儿子前天、昨天就来过了，听说没有找着，很着急。今天他又来了，说要酬谢恩人，咱们看稀奇去！"

李大爷一听心头一暖，看来自己没有救错人，老太婆和她的家人是知恩图报的人！自己救人本来就没有图什么报答，不过既然救了她，也是一种缘分，不如去看一眼吧！李大爷这样一想，便和二柱他们一起往山脚跑去。

来到山脚下救人的地方，这里已经聚集了好大一群人。路口边停着一辆小轿车，车旁摆放着一个醒目的标志牌，上面写着："寻找救命恩人，重金酬谢10万！"

10万！李大爷一看差点摔了跟头。自己辛辛苦苦种菜一辈子，也没有攒下这么多钱。一个举手之劳，就可以得到这么大的奖励，这真是做梦也没有想到的事情啊!

　　李大爷正感慨着,忽然前面人头攒动,争吵声很大。李大爷一打听,原来村里竟然有二十几个人称自己就是那救命恩人!

　　李大爷心里很生气,这些人真是财迷心窍、利欲熏心!为了10万块钱,竟然昧着良心冒充自己是救命恩人!作为乡邻,李大爷都觉得为他们感到脸红。李大爷拼命往前挤,他想看看他们到底是些什么人,自己一定要揭穿他们的鬼把戏!

　　(三)

　　挤到人群最前面,李大爷看到一个西装革履、戴着金边眼镜的年轻人正忙得满头大汗,面对一群救命恩人,金边眼镜一边招呼大家安静下来,一边嘟哝道:"这怎么可能?这怎么可能?"

　　李大爷再看那群自称是救命恩人的乡亲,不禁愣住了:他们当中有三狗子、大熊、马二婶、杨婆婆等,他们平时和李大爷都相处得挺好,有的还有恩于李大爷。比如三狗子,有一次李大爷不小心掉进水塘里,是路过的三狗子跳进水塘把李大爷救了上来;比如邻居大熊,李大爷生病在床的时候,大熊总是帮着熬药端药,还帮着喂养照料李大爷家里的猪牛羊。李大爷无儿无女,老伴又死得早,李大爷在心里早把大熊当半个儿子对待。

　　至于马二婶、杨婆婆,她们都是挺可怜的人:马二婶老公瘫痪在床,家里债台高筑;杨婆婆一个孤老婆子,吃不饱穿不暖的。看着他们,李大爷又一次犯难了:他们虽然做得不对,但如果自己当面揭穿他们,那他们的脸往哪儿搁?以后在村里如何抬头做人?

　　李大爷叹了口气,心想:自作孽,不可活,咎由自取,就让他们自己去应对吧!李大爷拨开人群,准备回菜地干活去。

　　就在这时,听见金边眼镜高声说道:"各位乡亲,几天前,我的母亲独自路过这里,不料突然旧病复发,晕倒在路边。幸好遇到恩人相救,才脱离危险。我们想报答恩人,所以才来这里寻找。我们已经找了两天,都没有找到。为了找到恩人,我们想出了一个办法,就是重金酬谢,我们这样做,只是为了吸引恩人露面!哪知道,因为10万块钱的诱惑,这里突然跑出来二十几个恩人!我要告诉大家,我的母亲在恩人救人过程中醒过来一次,虽然没有看清楚恩人的长相,但敢肯定救她的是一个人!"

李大爷一听停住脚步,他很想看看金边眼镜接下来该如何处理这件棘手的事情。

"我还要告诉大家,"金边眼镜冷笑道,"我的母亲虽然没有看清楚恩人的长相,但看清楚了恩人穿的鞋子。你们这些恩人,且说说当天穿的什么鞋啊?"

这招可不得了,二十几个恩人面面相觑,脸色尴尬。大家只好硬着头皮,有说穿皮鞋的,有说穿筒靴的,有说穿布鞋的,有说穿胶鞋的,也有说没有穿鞋、打光脚板的……金边眼镜一一做好登记。

金边眼镜登记完毕,突然朗声宣布:"各位乡亲,我的母亲告诉我:恩人那天没有穿鞋、是打着光脚板的!刚才那些说穿鞋的恩人请回吧,你们不是我要找的人!"

那些说穿各种鞋的恩人,见诡计被识破,只好红着脸,在围观人群的哄笑声中,灰溜溜地逃走了。没有被淘汰的恩人,还剩下三狗子、大熊、马二婶、杨婆婆四人。因为考验过关,做对了答案,四人的脸上都露出了一丝喜悦但慌乱的神情。李大爷知道,接下来,他们四人不管是福是祸,都已经骑虎难下了。

李大爷的心紧张起来,他无法揣摩金边眼镜会把重金酬谢给谁,也无法揣摩金边眼镜有没有办法识破这四位假恩人。

(四)

此时,金边眼镜望了望旁边的小轿车,拿起电话说了些什么,脸色越来越凝重。他突然对围观人群鞠了一个躬,说:"乡亲们,对不起,这两三天,我骗了大家!其实,我们不是来寻恩人的,我们是来寻冤家的！"

"哇！天哪！"这话犹如一颗重磅炸弹，围观人群一下子炸锅了，李大爷差点被这话惊得跌倒在地！

只听金边眼镜一字一顿道："我的母亲患有一种罕见的眩晕症，发作时就会晕倒在地。但只要不惊动她，一会儿她就会自然醒过来，无伤大碍。但这次不知道是哪个没事找事的冤家，自作主张把我的母亲背进医院，伤了我母亲的经络，动了我母亲的血脉，害得我母亲虽然醒了过来，但却全身瘫痪了！"

李大爷头脑一片空白！自己好心救人，没想到反而害得老太婆全身瘫痪！自己虽是无心之举，但却对老太婆一家造成那么大的伤害！李大爷张张嘴，却说不出话来。

金边眼镜一步步靠近三狗子、大熊、马二婶、杨婆婆四人，声音变得更冷："我父亲早就去世了，现在母亲又遭遇这样严重的劫难！我们要把那冤家找出来，我们要他承担责任，我们要他照顾我母亲一辈子！所以，我们策划了这起寻找救命恩人、重金酬谢10万的活动，目的是把那冤家引出来！"金边眼镜目光咄咄逼人，脸孔扭曲得可怕。

金边眼镜的话如针一样刺进三狗子、大熊、马二婶、杨婆婆的心里，四人相互望了一眼，有的脸色发紫，有的冒出冷汗。三狗子、大熊结结巴巴地说："我们没有救你母亲……我们，我们是冲着你那10万块钱来的……我们想，你找了两天都没有找到恩人，说明恩人不是村里人，我们才大着胆子冒充的……我们还想，你是有钱人，10万对你家损失不大……我们错了，下次再不敢了……"说完低着头跑了。

马二婶羞红着脸，上前一步，对金边眼镜道歉道："大兄弟，对不起，我也没有救你母亲，我也是冲着你那10万块钱来的……我老公瘫痪在床多年，家里欠债太多，我想冒领这10万块钱还债和给我老公治病啊！人穷志短，我实在没有办法了……我，我该死啊……"马二婶羞愧难当，当着大家大哭起来。

这时候，杨婆婆的邻居狗剩从围观的人群中走出来，扶着杨婆婆，瓮声瓮气地说："杨婆婆也没有救你母亲……杨婆婆冒充恩人，是我的主意，我也是冲着你这有钱人来的……杨婆婆一个孤老婆子，吃不饱穿不暖的，我想冒领这笔钱给杨婆婆养老！"说完，扶着杨婆婆走了。

（五）

金边眼镜望了望还在抽泣着的马二婶，再望望远去的杨婆婆和狗剩的背影，深深地叹了口气……

围观人群开始散去，金边眼镜沮丧地望着小轿车，以及车旁那个醒目的标志牌，准备离开这个地方……

不能再犹豫了！李大爷定定神，一个箭步上前，拉住金边眼镜的衣服，大声说："小伙子请留步，我要告诉你，你母亲是我救的！"

这话与刚才金边眼镜宣布"我们不是来寻恩人的，我们是来寻冤家的"一样，犹如一颗更重磅的炸弹，把正在散去的人群又聚拢来。大家的脸上都露出惊愕的表情，空气似乎一下子凝固了！

李大爷盯着金边眼镜的眼睛，清清嗓子，拍着胸脯继续说道："人真是我救的！救人是我做人的本分，图的是心安理得，并不图啥回报。我有手有脚，挣的钱能养活自己。但既然好心办了坏事，造成你母亲终身瘫痪，该我承担的责任我承担就是，你尽管冲着我这老头子来！"

人群一下子骚动起来，大家议论纷纷。有的摇头说李大爷太傻，不该站出来；有的责骂金边眼镜冷漠无情，阴谋诡计多，老太婆瘫痪活该；有的感叹世道复杂，人心险恶，以后谁还敢多管闲事……

金边眼镜不理会人群的吵闹，斜着眼睛端详着李大爷，鼻子里哼了一声："你一个庄稼汉，能承担什么责任？"

李大爷凄然一笑："对，我只是一个庄稼汉，没有钱赔偿你的损失，但我总可以照顾病人，给你家做牛做马，反正我老伴早死，无儿无女，了无牵挂……"

人群更骚动了，二柱大声喊："李大爷，别这样，你救人有什么错！

咱们打官司去，您不一定输！"

　　李大爷正想发话，却见旁边的小轿车车门打开了，从车上走下一个人来。李大爷眼睛睁得比铜铃还大，指着来人颤声说："老太婆，你没有瘫痪？你和你儿子，这是唱的哪一出戏呀……"

　　老太婆柔声说："恩人，对不起啊！为了找到你，我叫我儿子演了这出戏，让你受惊了！你是个大好人，救人不图回报！可你想过没有，如此大恩大德，我们不报答，我们又怎能心安理得呀？所以我和儿子商量，决定寻找救命恩人，重金酬谢10万！"

　　"但是我们没有想到这么多人冒充恩人，让我们无法收拾残局，"金边眼镜接过老太婆话头，动情地拉住李大爷的手说，"所以我刚才跟车里的母亲打电话，演了这出终身瘫痪的苦肉戏，没有想到不但吓跑了假恩人，还引出了真恩人！李大爷如此敢作敢当，令我和我母亲肃然起敬！"

　　老太婆也走上前来，拉住李大爷的另一只手，眼神里有一丝异样的情愫，喃喃说："刚才我好像听你说，你老伴早死，无儿无女，了无牵挂，愿意照顾我这个孤老婆子……"

　　这话太突然，窘得李大爷一脸通红……

　　（本文发表于《越南华文文学》2015年第3期、2015年3月18日苏里南《中华日报》。）

我有妈妈
Wo You Mama

第五辑

【导读】

　　儿童是含苞待放的花骨朵，青少年是祖国的未来。本专辑所收录的小小说作品，以儿童或者青少年为主人公，以幼小的心灵感知成人社会，笔端触及校园、家庭、社会，关注儿童成长，以此激发读者对教育的思考和对童年的美好回忆。

两封情书

　　下午放学回家，大虎一脸无精打采的样子。二妞早回来了，正趴在桌上做家庭作业，问："哥，你怎么啦？"

　　大虎叹了口气，说："听说杨老师的父母在催他调回城里好结婚，以后又没有老师教我们英语了。"

　　二妞一愣，停住笔头，睁大眼睛说："今天上午，我们班的菊花、翠花几个到李老师办公室交作业，无意中听说李老师也准备调回城里呢！"

　　大虎撇撇嘴："反正我们学校留不住城里来的老师，要怪就怪我们这里是穷山沟，没办法。"

　　二妞张张嘴没说话，一下子没有了做作业的兴致："哥，你的点子最多，你想想办法，怎么才能把老师留下来呀。"

　　大虎一听这话很受用，他眼珠一转，计上心来，凑近二妞的耳朵，轻声说："我倒有个主意，需要你配合，看你敢不敢干。"

　　二妞一向胆子小，但这回却咬咬牙表态："哥，只要能把老师留下来，做什么都行！"

　　大虎笑了："我的计划是，我们暗地里给杨老师和李老师牵线搭桥，让他们结婚成为两口子，这样他们就用不着调回城里了，就可以留下来教我们了。"

二姐赞赏地盯着大虎，竖起大拇指："哥，你真行，我支持你！"

兄妹俩说干就干，大虎以杨老师的口吻给李老师写了封情书，由二姐偷偷放到李老师的办公桌上；二姐以李老师的口吻给杨老师写情书，由大虎偷偷放到杨老师的抽屉里。

接下来的几天，大虎和二姐都忐忑不安，心神不宁。他们一方面担心杨老师和李老师互相看不上对方，成不了一对；另一方面又担心杨老师和李老师看出情书的破绽，最后还是离开。

事实证明大虎和二姐的担心是多余的。杨老师和李老师照样给学生们上课，好像没有事情发生一样。几个月后，杨老师和李老师竟然结了婚，还给学生们发了喜糖。大虎和二姐高兴得手舞足蹈。

几十年后的校庆会上，白发苍苍的杨老师和李老师相互依偎着。杨老师感慨地说："我们俩是大学同学，到这个学校工作前就已经是恋人关系了。当年，我们的父母都要求我们调回城里，但我们舍不得山沟里的孩子们。正当我们举棋不定的时候，我们却收到对方表白的情书。我们被这两封情书深深打动了，所以选择了留下。"

李老师接过话头："这可是世界上最打动人心的两封情书。我们互致爱意，强烈要求成为一家人，并要求对方留在这个学校。我们竟然向对方保证：学生们一定会听老师的话，绝对不辜负老师的希望。同时，这也是世界上最蹩脚的两封情书，语句不通，错别字一串一串的……"

台下的人哄堂大笑，已经成为工程师的大虎和大学教授的二姐鼻头发酸，满眼泪花……

（本文发表于 2014 年 8 月 22 日《重庆日报》农村版，被《阅读》2014 年第 12 期、2015 年 4 月 11 日《宁波晚报》等转载。）

我真的有妈妈

已经摁了几次拒接,但手机铃声还是顽固地响起来。"这是我儿子强强打来的电话……" 车间里的好多女工朝这边张望,强强妈神色慌乱而尴尬地解释道。

"那你出去接电话吧,说不定有急事呢,"几个女工望望外面说,"我们帮你看着。"厂里规定上班时间不能接电话,被车间主任发现可就麻烦了。

强强妈快步跑到外面,一接电话就听到强强的哭声:"妈妈,我好想你呀,你快回来吧!"

原来虚惊一场,没什么大事。强强妈生气了:"你这孩子,妈妈不是告诉你,妈妈上班时间不能接电话吗?真是捣蛋!"

电话那头,强强哭得更响了:"妈妈你离开我很久啦,你从没有送我上学,也从没有接我放学。同学们都欺负我,笑话我,说我没有妈妈……妈妈,我好想你呀,你快回来吧!"

强强妈一听,鼻头一酸,眼角就湿润了。是呀,孩子还没有进幼儿园,自己就出来打工,不知不觉孩子都读大班了。自己也想回家看孩子,但厂里节假日从不放假,偶尔有请假回乡的,回来工作早被人顶替了。自己要是没工作,家里建房欠下的债务怎么还?瘫痪在床的老公的医药费到哪里找呀?

强强妈叹了口气,轻言细语宽慰强强:"强强是乖孩子,我家强强最棒了!强强听话,妈妈保证尽快回来看强强,还会给强强买奥特曼!" 强强已经几次在电话里给妈妈说想要一个奥特曼玩具了。

电话那头的儿子虽然停止了哭泣,但语气似乎存在怀疑:"好吧,妈妈,你都说过好几次了,妈妈可不要当骗子呀……"

"一定,一定,妈妈不当骗子。" 强强妈声音有些哽咽。

这次通话后,强强妈几夜都睡不好觉,心神不宁,总觉得会有什么事情发生。果然在几天后,强强妈接到幼儿园老师电话。老师说,强强将同班的几个幼儿严重抓伤,请她务必去幼儿园一趟,处理此事。

强强妈一听脸色大变,她流着泪给厂长请假。这次,厂长也被感动了,发了善心,不但特批了强强妈的假,还承诺回厂继续给她工作岗位。强强妈千恩万谢,马上飞跑向火车站。

来到幼儿园,走进教室,强强妈努力搜寻着孩子。"强强,强强……"强强妈唤了几声,都没有孩子答应。"强强,我是妈妈呀,这是我给你买的奥特曼……" 强强妈拿出玩具,才见教室最后排的一个角落,站起一个浑身脏兮兮的孩子,怯生生的,站起后又坐下了……这就是几年未见的孩子,强强妈几乎都不认得了!

经过与老师沟通,强强妈了解到,几个孩子笑话强强没有妈妈,强强很生气,和他们发生争吵,后来就抓伤了他们。最后,老师劝告说,家长最好与孩子长期生活在一起,这样更利于孩子的健康成长。

处理完这件事,强强妈陪强强在公园玩了半天。强强玩得好高兴呀,蹦蹦跳跳,歌儿唱个不停,欢快的汗水早把衣服湿透了。下午,强强妈要走了。强强拉着妈妈的衣服不让妈妈走,哭得声嘶力竭的,最后母子俩都哭了……

回到厂后,强强妈更睡不好觉,心神不宁,总觉得还会有什么事情发生。果然在几天后,强强妈再次接到幼儿园老师电话。老师语气更为严厉,说强强将同班的几个幼儿再次抓伤,这次抓得更严重。

强强妈很吃惊:"这次,强强为什么抓伤同学呀?"

"还不是因为几个孩子笑话强强没有妈妈,强强很生气,和他们发生争吵,后来就抓伤了他们。"老师说。

强强妈更惊讶了:"我不是才到幼儿园来过吗?孩子们都看见了,

怎么还会笑话强强呀？"

"哦，问题就出在这里面，"老师解释说，"孩子们都说你和强强好像互相不认识，也没有听见强强叫你一声妈妈，你一定不是强强的真妈妈，你和强强都是骗子……"

强强妈一听再也控制不住自己，手机掉在地上，泪水不争气地哗哗流下，哗哗流下……

（本文发表于《幽默讽刺·精短小说》2013年第6期、2013年10月4日美国《越柬寮周报》。）

丢　脸

"我爸是王刚！"

王大傲转学到乌龙镇中学，以这种霸道的方式介绍自己。

没几天，同学们都知道王大傲的爸爸是王刚。

王刚是谁？

同学们一打听，马上羡慕得流口水。

"哟，王大傲的爸爸就是新调来的镇长，王大傲的命真好！"

"哇，王大傲是官二代，真有福气！"

看着同学们嫉妒的眼神，一身名牌的王大傲很得意。

但有一个人例外，张小强。

张小强长得又黑又瘦，一看就知道营养不良。

张小强总穿着打补丁的破旧衣服，一看就知道家境不好。

但在班上，张小强说话很有分量。

因为张小强学习成绩全班第一，各方面表现优秀，是同学们学习的榜样。

更主要的是，张小强是班长。

班长张小强平静地说："爸爸是镇长有什么了不起，那属于爸爸，不算自己的本事！"

从小到大，王大傲哪里受过这等气？

王大傲一手叉腰，一手指着张小强的鼻子，气呼呼地说："哼！那我就跟你比自己的本事！你等着瞧！"

王大傲放学回家，把书包一砸，对王镇长叫开了："爸爸，我想当班长。你给校长和班主任说一下。"

王镇长笑了："你想当班长，那是好事，值得表扬！"

没几天，王大傲果然当上了班长，而张小强被调整为副班长。

当上班长的王大傲身边簇拥着一帮同学，神气极了。

王大傲把放学回家的张小强拦住，蛮横地说："你不是要比自己的本事吗？现在我是班长，你是副班长，服不服气呀？"

张小强平静地摇摇头："你的学习成绩不太好，表现又差劲，哪里像个班长？"

王大傲气坏了，伸手一推，把张小强推倒在地。

张小强爬起来，仍然平静地说："既然你已经当上班长，我倒希望你好好学习，多为班上做点事，做个名副其实的班长。不然，哪天你爸爸不当镇长了，你这班长也可能没了。"

没想到这事还给张小强说准了。不久，王镇长出了点事，被就地免职。

消息传到学校，王大傲顿时焉了。同学们对王大傲指指点点，王大傲一下子成了孤家寡人。

王大傲只得把怨气撒在爸爸王刚身上。他几天都不理王刚，王刚无可奈何。

这天，乌龙镇中学要开学生家长会。王刚正待出门，却被王大傲拦下了。

几天不跟爸爸说话的王大傲气鼓鼓地说:"我不准你去!你这镇长下课了,去开家长会丢我的脸!"

王刚诧异地看着儿子,感到心口很疼。他伸出巴掌,手却无力地放下了。

王刚一下子跌坐在家门前。

大约过了半个小时,王刚还是站起来,怀着复杂的心情向学校走去。他来到儿子所在班的教室外,透过窗户向里看——

讲台上,一个中学生搀着一个中年人,两人都满脸幸福。

中学生又黑又瘦,身上的衣服打着补丁。而中年人缺了一条胳膊断了一条腿,满脸伤疤奇丑无比,看上去极其恐怖。

中年人说:"各位家长,我是张小强的爸爸。班主任要我说几句,那我就说几句吧!因为小煤窑瓦斯爆炸,我变成现在这副丑模样。其实我每次都不愿来参加家长会,我担心我的丑陋外表给我家小强丢脸。但我家小强说,爸爸为了维持这个家,为了小强能好好读书,冒着生命危险去小煤窑工作,这是天下最好最帅的爸爸!爸爸参加家长会,这不是给小强丢脸,而是给小强长脸……"

一片掌声响起来,王刚的眼睛湿润了,他感到心口更疼了。

(本文发表于《时代文学》下半月版 2012 年第 10 期。)

黑 状

张镇长一整天走村串户,累坏了。天黑了刚回家,儿子强强就一把接过张镇长的雨伞;在他脱下沾满泥浆的雨靴前,强强已给他找好了一双布鞋。张镇长笑道:"哟,今天这么乖,是不是有什么事需要老爸帮忙?"

强强佩服地点点头，回答道："什么都瞒不过老爸呀，我真有事需要老爸帮忙。"强强拾掇好雨靴，流露出期盼的眼神说："这学期我们班要改选班委，我不想当小组长了，我想当班长，麻烦老爸给我们班主任陈老师打个电话。您是镇长，他会听您的。"

张镇长愣了一下，抚摸着强强的头，耐心地教育儿子："强强，你想当班长，这是好事！但这个岗位需要得到老师和同学们的信任，要靠公平竞争，要靠自己的努力，要靠自己的真本事！老爸给班主任打电话，就是走歪门邪道了！"

强强一下子嘟起了小嘴，赌气地说："哼！我就知道您不会帮忙！我找妈妈去！"

张镇长望了望正在厨房里炒菜的强强妈，说："好吧，你去找妈妈吧，看妈妈怎么说。"张镇长知道，强强妈管教孩子比自己还严格，她一定会更耐心地做好强强的工作的。

第二天早晨，强强仍然是嘟着嘴出的门，但下午放学回家，却一脸得意地哼起了歌儿。张镇长感到很奇怪，问道："强强，啥事情这样高兴啊？"

强强斜眼看了张镇长一眼，更加得意地说："我当班长有谱了！您不愿意帮忙，我照样办成了事，哼！"

张镇长心里一惊，连忙质问老婆："难道是你给班主任陈老师打电话了？"

强强妈用手指一点张镇长的额头，嗔怪道："你这死脑筋，看你想哪儿去了，我怎么可能做这样的傻事呢？"

张镇长和强强妈一起问强强："强强，你给我们说说看，你当班长怎么有谱了？"

强强大摇大摆地说："今天中午，我把我的压岁钱全部拿了出来，请了一大批要好的同学到镇上吃了顿火锅，大家都答应竞选班长时投我的票！"

"你这孩子，简直是乱弹琴！"张镇长和强强妈异口同声地责备道。几天后，强强耷拉着脑袋回家，眼睛红红的，一副无精打采的样子。"强强，你这是怎么啦？"张镇长关切地问。

强强带着哭腔回答："今天我们班竞选班委，我没有当成班长。陈老师还不点名地批评了请客拉票行为，一定是哪个同学到陈老师那里告了我的黑状，呜呜……"

张镇长在心里笑了。他一边给强强递手巾擦眼泪，一边安慰教育孩子。忽然，他的手机震动了一下，原来是收到班主任陈老师发来的短信："张镇长，谢谢您告诉我强强请客拉票的事，我已经按照您的意见进行处理。孩子是祖国的未来，孩子的教育需要学校、家庭、社会一起来关心呀！"

（本文发表于《小小说大世界》2015年第3期，被2015年4月3日《山东科技报》等转载。）

我会对你负责的

二狗草草地吃过午饭，就把头趴在课桌上，准备美美地睡一觉。二狗看见同桌菊花也趴在课桌上，脸正对着他，带着淡淡的笑意，但眼睛是闭着的，早已经睡熟了。

这是个夏日的午后，太阳很毒，烤得同学们恹恹欲睡。大家在食堂用餐后，都回到教室，把头趴在课桌上睡午觉。

二狗正对着菊花的脸趴着，觉得菊花真好看。在二狗眼里，菊花简直身兼"三花"，包括班花、校花、村花。二狗越看越觉得菊花好看，不由自主地往菊花身边凑了凑，都挨着菊花的手肘了。二狗美美地想：

长大了，要是能娶菊花做老婆，那该是多么美妙的事情啊！

二狗脸上带着浓浓的笑，进入了梦乡。梦中，锣鼓声声震耳，鞭炮啪啪作响。二狗胸戴大红花，原来做了新郎。在亲朋好友的掌声、欢呼声和起哄声中，二狗激动地掀开了新娘的红盖头，新娘竟然是菊花！二狗幸福得心都快跳出来了！在大家的簇拥下，二狗和菊花步入洞房……

叮当当！预备铃响了！二狗一下子从美梦中惊醒过来。二狗满脸通红，还沉浸在洞房的喜悦、激动、羞涩中。二狗一睁开眼，猛看见菊花笑眯眯地盯着自己，不由得羞得低下了头……

原来只是个梦呀，二狗回过神来。但二狗忽然感到身下湿漉漉的一片，这可是从来没有发生过的事情！二狗慌了，悄悄地用手一摸，全是黏糊糊的液体……

这是什么东西？这可不是梦，是真实的液体呀！怎么回事？我都干了些什么？我怎么这么龌龊呀！这、这会导致菊花怀孕吗？二狗心乱如麻，慌慌张张跑出了教室……

二狗跑到最信任的张老师的办公室门口，心咚咚直跳，却迟疑着不敢敲门。张老师从门缝看见二狗站在门外，亲切地问："二狗，有什么事情吗？"

二狗结巴着说："张老师，我……我想，问您一个问题……"

张老师笑了："可以呀，我很乐意帮你解答问题。"

"如果一个人无意中伤害了别人，"二狗鼓起勇气问道，"那他该怎么办呢？"

张老师慈祥地摸摸二狗的头，正色道："如果一个人无意中伤害了别人，那么他应该给受伤害的人道歉，真诚地说声'对不起'。人要有担当精神，要对做过的事情负责！"

"哦，我懂了，谢谢张老师！"张老师还未来得及追问二狗究竟是怎么回事，二狗早一溜烟跑了……

整个下午，二狗都没有心思上课。他低着头，不敢正眼看菊花。老师上课讲的什么内容，布置的什么家庭作业，他一点都没有记在心上。

好不容易熬到放学，菊花和一群小姐妹背起书包结伴回家。二狗跟在菊花身后，但始终保持着一段距离。快到村口小河边的时候，前面只剩下菊花一人，二狗加快脚步，正想鼓起勇气招呼菊花停下，自己有话要对她讲，却看见菊花一个踉跄，不小心跌进了河里！

这突如其来的变故，令二狗脸色大变，头脑一片空白！他一边呼喊"救命啊，救命啊"，一边奔向小河，"扑通"一声跳下去，抓住在水里乱扑腾的菊花……

二狗使出全身的力气，拼命把菊花往岸边顶。二狗呛了几口水，头都晕了，才想起自己也不会游泳。二狗终于把菊花顶到岸上，但自己却力气耗尽，慢慢地沉了下去……

二狗醒来的时候，身边围了好多人。原来村里人听到呼救声，及时赶来救了二狗。菊花拉着二狗的手，哭得像个泪人。见二狗醒来，才破涕为笑。醒来的二狗说："菊花，我对不起你……我会对你负责的！"说完又晕了过去……

多年以后，菊花拥着丈夫二狗，追问二狗当年救了人为什么反而道歉，为什么要对她负责，二狗总是不说话，脸通红，一副小孩子害羞的模样……

（本文发表于2014年6月13日《重庆日报》农村版，获重庆市2014年"美丽乡村"征文小说类一等奖。）

哑

强强人不大，但话多。

"爸爸，为什么天要黑？"

"妈妈，为什么灰太狼始终吃不到喜羊羊？"

一天到晚，小嘴跟机关枪一样，忙个不停。

"爸爸，为什么人有十个手指头？"

"妈妈，为什么儿子管妈妈叫妈妈？"

诸如此类问题，有时候令爸爸妈妈目瞪口呆，有时候令爸爸妈妈捧腹大笑。

因为强强这个"话匣子"，家里洒满了阳光，充满了快乐。

可惜好景不长。自从妈妈发现爸爸有了外遇之后，家里的情况发生了变化。

妈妈发怒了，大哭，大闹，把爸爸最喜欢的衣服撕烂，把爸爸的脸掐出血。强强吓住了，哭："妈妈，我怕……"

爸爸先是做贼心虚，跪在妈妈面前，请求原谅，但后来见妈妈不依不饶，便失去了耐性，暴怒地跟妈妈吵架。强强再次吓住了，哭道："爸爸，我怕……"

好长一段时间，爸爸妈妈互不说话。

强强去陪爸爸说话，但爸爸抚摸强强的头，只是叹气，不开口。强强去陪妈妈说话，但妈妈抱紧强强，只是哭，也不说话。

强强很难过，但他不知道该怎么办，便哭，以哭代替说话。

终于，爸爸妈妈离婚了，强强判给了爸爸，妈妈搬出去住了。

爸爸不准妈妈来看望强强，但强强很想妈妈。

"爸爸，我想妈妈……"强强说话很小声，很小心翼翼的样子，因为爸爸的脾气越来越暴躁。

但还是激怒了爸爸："想什么想？你这个小笨蛋！那个母夜叉有什么好？蛮不讲理，那么心狠地离开我们……"

看着爸爸扭曲的面孔，强强吓得不敢作声了。

但妈妈也想强强，便一纸诉状告到法院，争取看望强强的权利，妈妈当然胜利了。

待在妈妈家里，虽然妈妈给好多吃的，好多玩具，但强强仍然闷闷不乐。

"强强怎么啦？"妈妈关切地问。

"妈妈，我想爸爸……"看到妈妈一天到晚骂爸爸，强强说话很小声，很小心翼翼的样子。

但还是激怒了妈妈："想什么想？你真是小笨猪！那个没良心的负心贼有什么好？他被狐狸精迷住了，他的良心被狗吃了……"

看着妈妈扭曲的面孔，强强吓得不敢作声了。

强强越来越少说话，越来越少说话，他常常在梦里跟爸爸妈妈一起玩——

"爸爸，为什么天要黑？"

"妈妈，为什么灰太狼始终吃不到喜羊羊？"

"爸爸，为什么人有十个手指头？"

"妈妈，为什么儿子管妈妈叫妈妈？"

哈哈哈哈，哈哈哈哈，在梦中，强强终于又听到爸爸妈妈开心的笑声。而醒来后，强强总是哭，总是用小手不停地擦眼睛……

寒冬腊月，冷风刺骨，强强的生日到了。爸爸给强强买了生日蛋糕和好多玩具，但回到家，强强却不见了！

爸爸慌张地打开门，准备到外面找强强，却碰见妈妈也提着生日蛋糕赶来，准备接强强去过生日。听说强强不见了，妈妈发疯似的捶打爸爸，哭喊："你赔我强强！强强要是有什么好歹，我和你拼命……"

天快黑了，天空开始飘起雪花。在儿童公园，爸爸妈妈终于找着了强强。强强蜷缩在儿童转椅上，小脸发紫。这是强强最喜欢玩的地方，以前强强生日或者节假日，爸爸妈妈总是带着强强来这里玩。

听到爸爸妈妈的呼唤，强强睁开了眼，小脸露出一丝笑，强强想喊，但发不出声，强强已经很久没有说过一句话。

"啊——啊——"稚嫩的童声，是那样地令人揪心……

（本文发表于 2013 年 7 月 11 日日本《阳光导报》，被《快乐阅读·语丝》2013 年第 9 期等转载。）

领导·孩子·校园

（一）班　长

新学期开学，班上来了一位新同学，叫王大骄，一副盛气凌人的样子。班主任老师说："王大骄任新班长，同学们要支持他的工作。"

不久，同学们发现，王大骄成绩一般，还很调皮，比起老班长张小强差远了。他怎么能当上班长？好事的同学一调查，马上泄气了：王大骄的爸爸竟是新调来的镇长！

到了第二学期开学，班主任老师说："王大骄成绩一般，还很调皮，不适合再做班长，班长职务还是由张小强担任，同学们要一如既往地支持他的工作。"

好事的同学一打听，王大骄的爸爸最近因工作出现重大失误已被停职。

（二）做　伴

张局长和李副局长是同事，李副局长总是让着张局长。张局长的儿子张小小与李副局长的儿子李洋洋是同班同学，李洋洋总是让着张小小。

情况发生变化是在张局长因贪污受贿被判刑以后。张小小到监狱探望张局长，哭着告状说："爸爸，现在李洋洋的爸爸做了局长，李洋洋很得意，老在班上欺负我，我可怎么办呀？"

张局长听了很生气，说："你给李洋洋带个话，叫他爸爸来监狱看我，我有话跟他爸爸讲。"

不久，张小小再次到监狱探望张局长，欢喜地说："爸爸，现在李洋洋又像以前那样让着我了，真怪！你到底跟李叔叔说了什么呀？"

"我只跟李叔叔说了几句话，"张局长得意地回答，"我只问他：你家洋洋老欺负我家小小，你是不是也想进来和我做伴呀……"

（三）月　饼

中秋后，局里要选派一批干部到基层锻炼，小王很担心自己遭殃，便买了一盒高级月饼，连夜送到张局长家里。

第二天下班回家，小王看见桌上竟放着昨晚送出的那盒月饼，感到很奇怪。

在班上当劳动委员的儿子得意地说："爸，这是我们班上张兵同学送给我的，他希望我在周末大扫除时不安排他扫臭水沟。"

（四）拼　爹

小明在偏僻的乡村读小学，成绩很差，但和同学们一起玩泥巴，捉泥鳅，打成一片。同学们得知小明的爸爸在城里当局长，都露出羡慕的目光，小明很得意。

上中学时，爸爸把小明转学到城里。小明不但进了城里最好的示范学校，还进了重点实验班。

重点实验班的同学成绩普遍优秀，都很骄傲自信。小明成绩太差，和他们玩不到一起。同学们得知小明的爸爸在城里当局长，都露出复杂的目光，小明很失落。

第一个月月考,小明考到班上最后一名。科任老师和同学们都说:"这孩子的成绩怎么进的重点实验班呀,又是拼爹!"

(五)生　日

张科长的儿子5岁,叫强强。这天生日到了,强强嚷着要庆贺。张科长神秘地说:"强强乖,你的生日爸爸一定给你庆贺,但得延期一个月。"

一个月后,张科长升任张副局长。张副局长给强强过生日,机关干部和企业单位来了一大群宾客,每人都给强强递上一个厚厚的红包。

张副局长后来又升任张局长,张局长每年都给强强过这样的生日。这一年,张局长大宴宾客,提前两个月给强强过生日,强强很不解。

两个月后,张局长因年龄到点改任非领导职务。

(六)维　权

新学期开始,朝阳小学五年级一班改选班委,吐故纳新,上一届班委的干部全部退了下来。

有一天,班里打扫卫生,新上任的卫生委员叫来了一个同学:"你——负责把那边的臭水沟清理一下!"

那同学是谁?是上届的班长——老班长!他见卫生委员竟然安排他清理臭水沟,顿时气得脸都白了,说:"我好歹也是班上的离休老干部,你怎么能够这样对待我呢?"

卫生委员毫不让步:"怎么啦,退下来后还想高人一等?不行,清理臭水沟就是你今天的活!"

老班长没办法,只得皱着眉头把活干了。当天下午放学后,老班长把退下来的班干部召集起来,召开了一次紧急会议,为了维护老干部利益,会上成立了——"老干部协会"!

(七)电　脑

周末,爸爸妈妈刚出门,小宝就偷偷放下作业,打开电脑,玩起游戏来。

正玩得过瘾，只听得"哧"的一声，电源插头上闪出火花，电脑屏幕一下子黑了。

怎么办？小宝看到爸爸放在床头的通讯录，想起爸爸单位的吴叔叔是电脑专家，有了主意。

小宝拨通吴叔叔电话，带着哭腔说："吴叔叔，我打游戏把我家的电脑弄坏了，要是爸爸回家知道了，非打烂我屁股不可！您可以帮我修修电脑吗？"

吴叔叔安慰说："小宝别着急，吴叔叔马上过来帮你解决问题！"

一会儿工夫，门铃响了。小宝打开门，只见吴叔叔抱来一台崭新气派的新电脑。吴叔叔说："小宝，这是吴叔叔送给你的，记住多在你局长爸爸面前说吴叔叔的好话哈！"

（本文发表于《调兵山》2013年第1期。）

攀 亲

这天，夹皮沟乡余乡长正在漫不经心地吃早饭，突然接到一个陌生电话。余乡长一接听，惊讶得差点把筷子掉地上。原来，电话是王市长亲自打来的！

王市长说，他离开夹皮沟乡几十年了，想在卸任之前再回曾经挂职锻炼过的地方看看。他这次回来严格落实中央"八项规定"，轻车简从，随行人员只有司机和秘书，既不通知当地县长，也不通知当地区长。

余乡长既兴奋又紧张，夹皮沟乡地理位置太偏僻，平时区长都难得来视察调研，更别说是县长了，这回竟然是市长大驾光临！余乡长不敢怠慢，马上召集班子成员商讨制定接待方案，精心挑选陪同视察人员。

甄副乡长是常务副乡长，对王市长的情况比较熟悉。他说，王市长因爱人患不孕症，至今无儿无女，所以对孩子特别疼爱。因此，建议在陪同人员中增加一名活泼可爱、懂事乖巧的小学生，既可活跃气氛，又可增加亲和力。

这个建议得到参会人员的一致赞同，大家一致推荐甄副乡长的女儿苗苗担当此重任。因为苗苗长得漂亮甜美，唱歌跳舞样样精通，更重要的是，苗苗从小在乡机关长大，见过大世面。甄副乡长推辞了一番，见盛意难却，只好点头同意了。

王市长如期而至，一下车就被苗苗拉住手说："我是夹皮沟乡小学三年级学生苗苗，我代表夹皮沟乡全体小朋友，欢迎王爷爷您常回家看看！"苗苗的眼睛睁得大大的，亮亮的，脸笑成了一朵花，乐得王市长哈哈大笑。

见到曾经战斗过的地方发生天翻地覆的变化，王市长很高兴。王市长一会儿深入田间地头，一会儿走村串户，一会儿深入中小学校，一会儿深入企业工厂……一路上，苗苗拉着王市长的手，蹦蹦跳跳、载歌载舞，把本来非常严谨严肃的领导视察活动，搞成了轻松活泼的类似于走亲访友的串门活动。欢声笑语中，王市长和陪同的乡领导都感到一身轻松愉悦……

两三天下来，王市长喜欢上了苗苗这个小宝贝。王市长要回市政府去了，王市长拉着苗苗的小手，一老一小都依依不舍，苗苗都快哭了。王市长说："好孩子，你想要什么礼物？我回去给你买。你有什么愿望？或许我可以帮你实现！"

苗苗一脸认真地说："那，爷爷您认我做您的干孙女吧！"

"哦？为什么呀？"王市长慈祥地微笑。

苗苗更加认真地回答："我爸爸说，只要您认我做干孙女，那他就是您的干儿子，我妈妈就是您的干儿媳。这样的话，我爸爸当的副职就可以很快转正，我妈妈做的生意会更加红火，我想去县城读实验学校更不在话下……"

王市长的笑容僵住了。

（本文发表于《天津文学》2014年第7期。）

班干部

小明做梦都想当班干部。

在小明眼里，当班干部多好啊！班干部经常给老师汇报工作，跟老师关系密切，人都是讲感情的，当然能得到老师许多关照。当班干部多威风啊！自习课老师不在的时候，班干部常代理老师行使管理大权，谁也不敢得罪班干部，以免班干部在老师面前打小报告。班干部走路都挺着肚，眼朝天，同学们见了都主动打招呼，而且大都称其职务，以免班干部不高兴。当班干部多荣耀呀！爸爸妈妈带着班干部儿子出门，都跟着脸上沾光。当班干部多实惠呀！评先进、拿奖学金要加几分，评上了"优干"以后升重点中学享受优先录取。这些待遇，小明看在眼里，妒忌在心里，羡慕得要死。

怎样才能当上班干部呢？小明很苦恼。小明的成绩和表现都一般，爸爸妈妈又都是下岗工人，一没有关系，二没有钱，既不像班长张有权的爸爸那样是副镇长，也不像学习委员李有钱的爸爸那样是大公司的老总。小明把自己家的亲戚排了个队，发现最有影响力的五舅舅也仅仅是个微型公用厕所副所长，丝毫帮不了他。小明常常感叹运气不好、出身不好、社会关系不好。

可机会还是来了。这天，小明发现劳动委员没来上课，就问同桌，才知道劳动委员的爸爸因工作需要易地为官，劳动委员随迁转学了。那班上劳动委员一职岂不成了空缺？小明心中又惊又喜，老师上课讲的什么内容，他一句也没有听进去。

下午，小明匆匆跑回家，央求爸爸去借点钱买礼物，到班主任那儿去一趟，给儿子买个劳动委员当当。爸爸生气地骂了儿子一顿。小明就偷偷地哀求妈妈，妈妈心软，架不住小明的一再纠缠，也就借了四百块钱，买了些稍微上档次的烟、酒、茶去拜望班主任，说明了来意。班主任笑笑说，其实小明在班上表现还是很不错的，也早想给他压压"担子"，只是一直没有机会。这孩子既然有这份上进心，我看这回就成全了他吧。

于是小明就顺利地当上了劳动委员。小明终于可以和其他班干部一起在班主任的小办公室讨论班务大事，终于可以听到同学们叫他"劳动委员早""劳动委员好"，也终于可以和班干部、班主任一起用班费在学校食堂小吃小喝一顿。虽然菜很简单，但小明总是吃得很饱很饱，很舒服很舒服。

期末考试后的一天，小明班上的小淘气王彪拎着一盒脑白金来叩开小明的家门。小明的爸爸刚打开门，就听王彪说："叔叔，听小明说您身体不好，这脑白金是我在我爸店里特意挑来送您补身子的。我想请叔叔帮个忙。您家小明是班上的劳动委员，您叫他下学期安排清洁大扫除时让我扫教室，我再也不想打扫公地上那条臭水沟了……"小明的爸爸只说了一句"你这孩子怎能这样"，王彪就丢下礼物跑了。

又过了几天，小明大摇大摆地拿着五百块钱回家，小明数出四百块递给妈妈，得意地说："妈妈，这是我这学期的奖学金。你为我当班干部所花的钱我现在还你，我还赚了一百块呢！以后赚的机会还很多……要知道，要不是因为当上班干部享受加分，这奖学金我还差点拿不到呢！"看着小明那得意劲，小明的妈妈心里不知啥滋味，她想说什么，但话到嘴边又说不上来。

现在的孩子，怎么会这样呢？小明的爸爸、妈妈陷入了深思……

（本文发表于 2011 年 6 月 1 日《重庆日报》农村版。）

机关重重
Jiguan Chongchong

第六辑

【导读】

习近平总书记强调:"党风廉政建设和反腐败斗争永远在路上。"本专辑所收录的廉政教育小小说,或讴歌新时代涌现出来的勤廉兼优的先进典型,弘扬新风正气;或抨击不正之风,鞭挞腐败,倡导廉荣贪耻的理念,旨在营造良好的反腐倡廉社会氛围。

老掉牙的红领带

小张以优异的成绩考调进交通局,当了王局长的秘书。小张在心里暗暗发誓:一定要给王局长服好务,取得领导信任,争取进步!

小张第一天给王局长的办公室打扫清洁卫生和整理文件时,就发现正对王局长座椅的墙面上,挂着一条红领带。这条红领带看上去既不是名牌产品,也没有时尚的款式花样,上面还沾了一层灰,已经很陈旧了。小张一边擦拭红领带上的灰尘一边想:王局长真节俭,这样老掉牙的领带都舍不得扔掉,王局长一定是个勤政廉洁的好领导!

事情证明小张没有看错,王局长穿着朴素,勤俭节约,既不到高档酒楼大吃大喝,也不到高档娱乐场所消费。最难能可贵的是,王局长与那些工程老总始终保持着一定距离,来来往往总是公事公办,工程招投标透明度很高,令那些想贿赂王局长的老总既无可奈何又打心眼折服,王局长果然是个勤政廉洁的好领导!小张陪同局长下基层、跑现场,一天到晚忙得团团转,也跟王局长学到了不少东西。

一年后,小张被提拔为局办公室主任。新上任的张主任想:自己跟王局长没有任何亲戚关系,自己家庭没有任何背景,自己从没有给王局长送过一分钱的礼,但却能这么快得到提拔,这真要感谢王局长的信任和培养,感谢王局长的正直和无私!自己一定要更加认真努力地工作，不辜负王局长的厚望！张主任更细心地打扫王局长办公室的清洁卫生和整理文件，忽然发现那条红领带还是挂在老地方，王局长似乎从来没有用过！

张主任心中一动：这条老掉牙的红领带，王局长虽然舍不得扔掉，但也从没有用过。张主任仔细打量这条老红领带：它已经毛边，并且领结处出现了几个小洞，看来被蚊虫叮咬过。王局长若真拿来使用，肯定有损王局长个人和单位形象。王局长对自己提拔有恩，自己何不买一条新领带送给王局长，以表示谢意呢！况且，一条新领带也不贵，几百元就搞定了，礼轻情义重，这也是人之常情，算不上行贿啊！

主意一定，张主任便赶到专卖店，精心挑选了一条崭新的红领带，换下了那条老掉牙的红领带。

哪知道王局长见老红领带不见了，很着急，很生气。他批评张主任道："谁叫你给我买新领带了？谁叫你动我的老领带了？乱弹琴！我的老领带你放哪里了？"

张主任没有想到情况会这样，他结巴着回答："我……丢垃圾桶了……"

王局长一下火了："赶快给我找回来！找不回来，你这主任也别干了！"

张主任惊出一身汗，慌忙跑向丢老领带的那个垃圾桶，还好，垃圾桶没有被清理，那条老领带还躺在老地方，张主任舒了口气。

从此，那条老领带重新回到王局长办公室的墙上，再没有人动过它。张主任紧紧跟随王局长，工作兢兢业业，做出了非凡成绩，得到了上级及广大群众的高度赞扬，张主任又被提拔为副局长。

在王局长退居二线时，王局长向组织上推荐了张副局长接他的班，做了交通局的一把手。新老领导在办理工作移交时，王局长把那条老领带从墙上取下来，交到张局长手里，语重心长地说："这条领带是上一届交通局局长的，他因为贪污受贿被举报，就是用这条领带，畏罪上吊自杀了。他在遗书上说，把这条领带送给单位下一届局长，以警钟长鸣，引以为鉴。正是这条老掉牙的领带，成为我头上悬着的一把利剑，时刻提醒我要抵挡住诱惑，提醒我一定要为民、务实、清廉……我的任务完成了，现在，我把它送给你！"

捧着这条红得耀眼的带血的老领带，张局长觉得肩上的担子更沉了……

（本文发表于2013年8月13日《茂名日报》。）

天壤之别

新局长一到任，局机关的一大群干部便坐不住了，纷纷打听新局长的情况，特别是兴趣爱好。

要知道，新局长上任，就意味着干部岗位重新洗牌，意味着一切从头开始。

果然不出所料，新官上任三把火，新局长召开第一次干部职工大会，就宣布将实施多项改革举措，其中包括机关人事制度改革。

这真是一石激起千层浪，有人欢喜有人忧。欢喜的是那些没有进入各级班子的一般干部，这回有了出头的机会；忧的是那些能力一般、靠溜须拍马或给领导送礼当上科长的中层干部，担心一不小心就被"下课"。

不久，大家就探听到，新局长喜欢古玩。

这下新局长家里可热闹了。有的干部把自家珍藏的古玩拿出来，忍痛献给新局长；有的干部把亲友家的古玩买下来，转手送给新局长；还有的干部甚至到古玩店去购货，谎称是自家祖传宝贝送给新局长……

唯独办公室干事张三不为所动，照样有说有笑，照样工作、吃饭，似乎新局长的到来与他无关。这张三是单位出名的"笔杆子"，机关大大小小材料都出自他手。他同时又是单位出名的"交际花"，上、下、左、右的协调服务工作做得滴水不漏，是单位的中流砥柱，任何一届局长都离不开他。但因为张三是个死脑筋，不跑不送，因此总是得不到提拔。

眼看张三又要丧失机会，几个与张三要好的老同志都劝张三说："你家里不是有一对血翡翠吗？你若舍不得，可以拿其中一枚送给新局长，争取进步嘛。你的岁数不小了，错过了这一届，恐怕再没有机会了。"张三笑道："谢谢你们的好意，我如果愿意送礼，刚参加工作就送了。"

不久，机关开展二级班子干部竞争上岗活动，原来的那些科长继续当科长，只不过部分科长调整了科室岗位。一批一般干部走上了副科长职位，还有的一般干部被提拔到基层站所任副职，好歹走上了三级班子领导岗位，真是皆大欢喜。

人缘好、业务精的张三还是原地不动。张三照样有说有笑，照样工作、吃饭，似乎二级班子干部竞争上岗活动与他无关。

不知不觉又过了几年。几年中，机关干部上上下下，浮浮沉沉，只有张三还是那个张三。局长年龄到点时，考虑到张三确实做了太多工作，于心不忍，就给张三调整了个工作岗位，任执法大队下属的执法五中队下属的执法九小队队长，算起来只是个四级班子的芝麻官。

局长退休下来，生活完全变了样。车没有了，司机没有了，请示汇报没有了，前呼后拥没有了，酒局舞局没有了。局长知道，这些全部转移到新局长那里去了。

一晃眼春节到了，局长没有外出，他要像往年那样等机关的干部来拜年。哪知道等了几天，竟然没有看见一个他提拔的干部的身影！局长凄楚地摇摇头，感叹着世态炎凉。

就在局长感到绝望的时候，门铃响起来了。局长很高兴，三步并作两步去开门，却见来客是张三。局长愣了一下，感到很意外，因为这是张三第一次登他家的门。

局长和张三便攀谈起来，互相嘘寒问暖，很是亲热。张三摸出一对血翡翠，对局长说："我知道您喜欢古玩，这是我家的血翡翠，今天拿来送给您，以感谢您对我的培养提拔。"

局长拿过血翡翠一看，就知道是真宝贝，连忙摆手说："这宝贝价值不菲，我不能要，我不能要。"

张三笑道："我对古玩没有兴趣，而宝贝应该属于真正爱它的人。今天我拿来送给您，是为了报答您的培养提拔之恩，是真心实意的，您收下吧。"

局长后悔地甩甩头，叹息道："你的工作能力很强，你如果早送宝贝给我，我早就提拔你做科长甚至副局长了，可惜呀……"

张三听了这话，收住笑容，正色道："这是不可能的事！以前您在位，我送宝贝给您，那是行贿，是犯罪！现在您退休了，我心甘情愿送宝贝给您，那是感谢您的培养提拔，是报恩！先送和后送，那有着天壤之别呀……"

（本文发表于 2012 年 1 月 31 日《福州日报》，被《阅读》2012年第 4 期等转载，入选 2013 年新华出版社《传递正能量：最好看的廉政小小说 100 篇》。）

我真的没事儿

"老娘，我回来了！"张局长踏进家门，老娘正在生火做饭。

老娘惊喜而又略带责备的意思："哎呀，我儿回来啦！怎么电话都不打一个呀？"

"哦，国庆放假有点空闲，心想大半年没回老家了，就回来啦！"张局长接过老娘递过来的洗脸帕。

"那司机小刘呢，还不快叫他进来坐。"老娘向门外望去。这么多年来，张局长回农村老家，都是小刘开车把他送回来的。

"哦，小刘今天没来，我一个人回来的。"张局长回答道。

"是小刘有事还是单位的车坏了？"老娘感到很意外。

"小刘没有事单位的车也没有坏，是因为现在干部纪律要求很严，不准公车私用，特别是国庆这种重大节假日，督查得更厉害。"张局长解释说。

"是不是真的哟，你没有骗老娘吧？"老娘盯着张局长的脸看，眼里闪过一丝担忧。

"当然是真的，我骗老娘干吗呀？"张局长感到莫名其妙。

"这回我是亲自到车站排队买票，乘公共汽车回家的。虽然颠簸了三个多小时，但我感觉还挺好的呢！"张局长补充说。张局长已经多年没有乘公共汽车了，有一种久违的感觉。以前小刘送他回农村老家，他大都在车里睡觉。而这次乘公共汽车，他竟然丝毫没有睡意。

这时候老爹赶集回来了，一进门就急急地问："我儿果真回来啦！我儿没犯事吧？"

"儿好好的，犯什么事呀？老爹！"张局长一头雾水。

"吓，乡亲们都传遍了，说你一个人从公共汽车里钻出来，空着手，低着头，灰溜溜地回老家，肯定犯事下课了呀！"老爹急得喉咙冒烟。

"哈哈，是这样呀，"张局长哈哈大笑，"难怪儿在村口下车后，和碰到的乡亲们打招呼，感觉大家的表情都有点古怪呢。"

老爹老娘对望一眼，不相信地摇摇头。以前儿子回家，可都是坐的宝马车，前呼后拥，挺胸抬头，大包小包送给爹娘伯叔甚至邻居，好不气派！

张局长只得耐心地解释："我空着手，是因为没有现成的礼物，儿又忘了买。以前儿拿回来的那些礼物，全是别人送的。现在干部纪律要求很严，别人不敢送，儿也不敢收。至于低着头，是因为儿颈部长了个小疮，正在治疗中，抬头会很疼呢！"

"真是这样吗？"大伯也急急地赶来了，一把抓住张局长的手，"有乡亲说，侄儿下车后，后面还有两个人远远地跟着，说不定是公安局或者纪委、检察院的人……我侄儿真没犯事吗？不是回来告别的吧？"

张局长一听哭笑不得，只得又把事情的来龙去脉原原本本解释一遍。

张局长回城的时候，在村口等公共汽车。张局长总感觉身后有乡亲指指点点，老娘似乎还背过身抹了一下眼泪，张局长忽然感到心里很沉重。

回到机关，张局长陪同县长调研时，总喜欢往镜头面前凑。县电视台的记者有时候想给县长拍特写，见这情况，便悄悄叫张局长回避一下，但张局长总是假装没听见，或者只是口头答应。碍于张局长是局长，县电视台的记者只得另觅机会、另选角度、见缝插针拍摄。

有一次市长来视察，县长和张局长等人陪同，张局长又往镜头面前凑。市电视台的记者火了，问张局长："你有话要对全市的观众说吗？"张局长连忙摆手："没有没有。"然后对记者说了句只有他自己听得懂的话——

"我只是想通过电视新闻告诉乡亲们，我真的没事儿！"

（本文发表于《短篇小说》原创版 2014 年第 6 期，被《小品文选刊·笑林》2014 年第 6 期、《党建文汇》下半月版 2014 年第 10 期、2015 年 6 月 26 日《天津日报》、2015 年 6 月 16 日《文萃报》等转载。）

开个玩笑

县志办张主任最近走好运,由清水衙门调到肥得流油的建设局任局长。消息传出,张局长的亲朋好友纷纷祝贺,有的买了礼物,有的请张局长吃饭,都被张局长婉言谢绝了。

这天,张局长接到二狗子打来的电话,二狗子和张局长是光屁股长大的玩伴,现在是一家建筑工程公司的老总。二狗子说:"今天我在富豪酒店订一桌,热烈祝贺张哥荣升建设局局长,怎么样?"

张局长笑着说:"谢谢你的好意,不过我不能参加。干部要执行中央的八项规定,不能接受宴请,不能收礼,不能大吃大喝,还请你理解。"

"理解理解,现在的干部要低调嘛,我马上取消活动。"二狗子通情达理地说。

张局长晚上在办公室加班,回到家已经是深夜。张局长的老娘还在看电视,见儿子回来,指指桌上的袋子说:"二狗子晚上来过了,他买了你小时候最喜欢吃的猕猴桃呢!这小子,已经好多年没来我们家串门啦。"

张局长心里一动,忙打开袋子,见最下面藏着一张银行卡,银行卡上贴着一张小纸条,上面写着:"工程招标,请多关照。"

第二天上午,张局长给二狗子打电话,说:"对不起!我已经按照规定,把你送给我的银行卡交给纪委啦!"

电话那头,二狗子暴跳如雷:"你这个绝情的家伙!你这样做不是在害我吗?"

二狗子垂头丧气地回到家,二狗子的老婆递给他一封信,说是张局长托她转交的。二狗子忙打开,原来里面装着的,正是自己送给张局长的那张银行卡,卡上也贴着一张小纸条,上面写着:"昨天晚上你给我开个玩笑,所以今天上午我也跟你开个玩笑。我没有害你,你也不要害我呀。"

(本文发表于 2014 年 7 月 17 日《海南日报》,被《快乐青春·绝妙小小说》2014 年第 9 期、《芳草·经典阅读》2014 年第 10 期、《民间故事选刊》上半月版 2015 年第 3 期、《共产党员》下半月版 2015 年第 5 期等转载。)

咱们都来抓把柄

新上任的张乡长独自一人走村入户调研,不知不觉天快黑了。在回乡政府的路上,张乡长不由加快了脚步。

路过一家屋门紧锁的农户小院时,张乡长隐约看见窗户边有一个人,正鬼鬼祟祟地忙着什么。张乡长走近一看,原来是一瘦猴似的小偷正用竹竿套着铁钩,透过窗户在偷主人家的腊肉。

"趁主人不在家偷腊肉,不像话,跟我到派出所走一趟!" 张乡长严厉地说。

瘦猴见是张乡长,脸霎时红了,说:"张乡长,我喜欢吃腊肉,但家里穷,买不起,所以才偷。我错了,我发誓再也不偷了。"

见张乡长不为所动,瘦猴急了,哀求说:"我在村里也算是个爱面子的人,求求你放过我这一回,为我保一次密,好吗?你的大恩大德我是不会忘记的!"

"我为什么要放过你,还为你保密呢?" 张乡长反问道。

没想到瘦猴斜眼看着张乡长,口气变强硬了,说:"因为你抓住了我的把柄，我也抓住了你的把柄。你才来乡里没几天，我就看见你到张寡妇家里去过好几次了。咱们互相保密，好不好？"

张乡长听了哈哈大笑，说："好的，成交！咱们互相保密！我可怕了你了！"接着，张乡长又耐心地出主意："你喜欢吃腊肉，那就自己养。家里穷，买不起猪崽，可以到乡农村信用社贷款。"张乡长还讨好地说，"我跟信用社主任说一下，帮你担保。"

因为自己的把柄被张乡长抓住，瘦猴果然没有再犯小偷小摸的毛病。因为自己抓住了张乡长的把柄，瘦猴在建猪舍、买猪崽、买饲料、卖猪肉过程中遇到困难，总是大言不惭地找张乡长帮忙，张乡长总是笑呵呵地答应。瘦猴不但改掉了坏毛病，还脱了贫致了富。

到了年关，瘦猴拎着一挂腊肉来到张乡长办公室，眼圈红了，说："张乡长，对不起，您是好领导，我误解您了。您真心实意帮我们老百姓脱贫致富，哪有什么把柄呀……"

原来，瘦猴最近了解到，张寡妇其实是张乡长远嫁到这里的亲姐姐，张乡长经常去看望多病命苦的姐姐，帮她渡过难关……

（本文发表于《故事林》上半月版 2013 年第 12 期。）

考 验

小李是建设局一位普通科员，与美女小燕热恋，天天黏在一起，已到了谈婚论嫁的地步。

然而当小李正式提出与小燕结婚的要求时，小燕的父母却不同意。小燕的父母说："年轻人应该以事业为重，你至少当上科长，我们才同意把女儿嫁给你。你得通过我们的这个考验。"

小李在婚姻路上受到挫折，很消沉。经过父母的开导，才慢慢调整好心态，把主要精力用在工作上，不久就因为工作成绩突出被提拔为工程科科长。

这天，小燕喜滋滋地来到小李家，告诉小李已经通过考验，小燕的父母已同意他俩的婚事。然而小李脸上没有笑容，他说："遗憾的是，你没有通过我父母的考验。"

"为什么？"小燕惊异地问。

"前天晚上，有个工程老板找到你，给你送钱，希望我在工程上给他关照，你把钱收下了，是吧？"小李幽怨地问。

看着小燕低下头，小李继续说："那是我父母请的托，他们想测试一下你会成为廉内助还是贪内助。"

（本文发表于 2013 年 10 月 12 日《大江晚报》，被《晚报文萃》开心版 2013 年第 10 期等转载。）

田间来客

这天上午，张大爷正在田里插秧苗，田坎边来了一位大胖子。大胖子放下包裹，挽起裤腿脱掉鞋，笑呵呵地说："张大爷，我来帮你插秧苗啦。"

张大爷一愣，问："你是谁呀？"

大胖子拿过秧苗就干起活来，回答道："我是政府的工作人员，你是我的新联系户，今天我特意来看望您老人家。"

"哦，原来你是乡政府派来的干部呀，你哪能干这活，快上去快上去！"张大爷催促道，但一看大胖子干活的把式，不由得伸出大拇指，"你的栽秧技术很不错嘛。"

"我是在农村长大的,当然熟悉农活啦。"大胖子一边干活一边回答。

两人聊得很投机,不知不觉就把活干完了。爬上田坎,大胖子把包裹递给张大爷说:"我了解到您老人家风湿病特别严重,所以给您带来了这些专治风湿病的中药。您老人家先试试,如果效果好,我再多带点来。"

张大爷大喜过望,拉着大胖子说:"乡政府先后有几个干部联系过我,没有像你这样贴心实在的。"

大胖子问:"您老对以前联系过您的干部有什么意见吗?"

张大爷说:"当然有意见。他们来了后,总是跟我客套几句话,让记者拍个镜头就走,完全是走过场。送的一袋米和一桶油,我们不稀罕。我们虽然是贫苦户,但身在农村,什么都缺,唯独不缺粮食和菜油。"

大胖子接过话:"这就是典型的形式主义、官僚主义呀。现在全国上下都在开展群众路线活动,干部的这些不良作风,必须转变!"

大胖子要走了。大胖子拉着张大爷的手,这才说了实话:"老人家,其实我不是乡里的干部,我是新来的县长,今天是专门来调研干部联系服务群众工作情况的,谢谢你给我们提了很好的意见!"

"什么?你是县长?!"张大爷简直不敢相信自己的耳朵。

大胖子点点头,说:"我把你列为联系户,你愿意吗?"

"愿意,愿意……"

两双手握在一起,感觉那样温暖……

(本文发表于《金山》2014年第9期,被《微篇小说》2015年第4期等转载。)

你怎么不早说

这天,肖局长和秘书小李轻车简从,来到偏远的夹皮沟乡,准备进村入户了解情况。

刚下车,肖局长就皱起眉头。要进村入户,必须走陡峭不平的山路。而这里昨夜估计下了雨,泥泞不堪,看来山路将更加难走。

秘书小李一看肖局长神情,马上会意地从车后备箱拿出两双防滑雨靴,说:"肖局长,您别烦恼,我早准备好这个了。"

肖局长赞许地笑道:"你这机灵鬼!"两人高高兴兴地往山里走去。

肖局长长得很肥胖,没有走多久就气喘吁吁。小李看肖局长满头大汗,脸色难看,就劝告说:"肖局长,您有心脏病和高血压,要不休息一下吧。"肖局长摆摆手。

两人又走了一段路,刚要走到村口,不料肖局长忽然脚下一滑,仰面跌倒在地,瞬间不省人事!

小李一见大惊失色,大声呼喊:"快来人呀,救命呀,局长晕过去啦!"

周围有几个农民正在栽秧苗,听到"局长晕过去啦"的喊声,直起身看了看,又毫不理会地继续干活。

小李急得都快哭了,说:"你们到底还有没有良心?我们局长专程来你们夹皮沟乡,就是为了调查核实乡干部贪污老百姓的惠农资金问题的呀。"

栽秧苗的几个农民一愣,停下活问:"你说什么?你们局长是来调查核实乡干部贪污老百姓的惠农资金问题的?你们是哪个局的?"

"我们是反贪局的,这就是我们一心为民的肖局长!"小李指着晕倒在地的肖局长说。

"哎呀，这可是我们老百姓的好领导呀，你怎么不早说？"栽秧苗的几个农民丢下活，急匆匆地赶上来，背的背，扶的扶，七手八脚地把肖局长送进乡医院。

（本文发表于 2014 年 11 月 11 日《齐齐哈尔日报》。）

正 道

从胡局长办公室出来，科员张三是怎样走回家的他自己浑然不觉，因为一路上满脑子都是胡局长的暗示。

读小学二年级的儿子鹏鹏已经放学回家做家庭作业。天色暗下来，鹏鹏打开了台灯。张三在客厅里不停地抽烟，眉头紧缩。"干了这么多年还是个小科员，真是个窝囊废！"妻子赌气回娘家时说的那句话又响在耳边。

张三叹口气，从书房拿出那棵前两天高价购买的百年人参。这棵百年人参，原本是给患重病的老父亲做药引的，张三通过朋友好不容易才买到。鹏鹏见张三要出门，忙拦住说："爸爸，这道语文作业题我做不好，快给我讲讲。"若在平时，张三定会耐心地给儿子辅导功课，但现在心烦意乱，不由得吼道："你是笨猪呀？爸爸有急事儿，自己一边去做！"鹏鹏吃惊地看着爸爸，委屈得泪水掉了下来。

出得门来，一阵凉风吹过，张三不禁打了个冷战。他东瞅西望，生怕遇见熟人。他把严严实实的包捂了捂，似乎担心路人认出里边的东西是百年人参来。到胡局长家其实有一条正道，穿过几条大街就到了，但那几条大街是闹市区，车来人往，很容易遇见熟人，张三选择了走光线灰暗的偏僻小巷。

偏僻小巷的路高低不平，灯光忽明忽暗，很难走，算得上是一条带点阴森的"邪道"。张三平时很少走这段路，不熟悉，因此跌了两个跟头，才走到胡局长楼下。

张三感觉心跳比平时快了些，他环顾四周没人，这才准备上楼。忽然他的手机震动起来，原来收到一条陌生的短信。张三打开一看，惊得差点把手机掉在地上："什么是正道？你走的是正道吗？"

"什么是正道？你走的是正道吗？"这是谁发的短信？是呀，我走的是正道吗？我走的是正道吗？张三一遍遍问自己，他感觉四周有无数双眼睛盯着自己，一下子似乎清醒过来！

张三决定马上回家。刚掉转身，他的手机响起来，听得出是胡局长极不耐烦的声音："我说小张呀，我叫你今天晚上来我家汇报工作，我都等了很久了，怎么还没到呀？"张三一下语塞："胡局长，我……"胡局长冷冷说道："下午我就告诉你，明天我将宣布财务科科长人选，这个科室的含金量你是知道的……既然你不来，那我只好物色其他人选了！" 张三正想说什么，那边"啪"的一声把电话挂了。

张三一下子觉得卸下了千斤重担，心里觉得很轻松。是谁给他发的短信呢，他挺想打电话给人家说声谢谢，可遗憾的是手机没电了。又一阵凉风吹过脸面，张三觉得很凉快、很温柔、很惬意。张三昂首挺胸，甩开步子往回走，他不再走那条偏僻"邪道"，而是穿过那几条繁华大街，他坦坦荡荡，主动与遇见的熟人打招呼——回家，走这条路才是正道！

打开家门，鹏鹏还伏在台灯下做作业，小脸蛋上还挂着泪痕。张三愧疚地看了看儿子，柔声说："来，爸爸给你辅导功课。"却见那空着未做的作业题目是："解释下列词语并造句：1. 正道……"而台灯旁边，放着妻子新买的忘记带走的手机。原来，"什么是正道？"仅仅是儿子发来的作业题目！

张三觉得眼眶一热，他把儿子抱起来亲了一下又一下，开始辅导功课:"所谓正道,就是阳光大道,正大光明的道路,跟歪门邪道、旁门左道恰好相反。人的一生要走正道,不能搞歪门邪道。爸爸走的是正道,鹏鹏长大了,也要走正道……"

张三抱着儿子,作出了两个决定:第一是带上百年人参回一趟乡下老家,看望患重病的老父亲;第二是到岳母家把妻子接回来,告诉她男人没有一官半职、没有出人头地并不是窝囊废,人要讲正气、走正道!

(本文发表于 2011 年 6 月 22 日《重庆日报》农村版,入选 2013 年新华出版社《传递正能量:最好看的廉政小小说 100 篇》等。)

礼 物

小时候,我和强子是邻居,我们都住在偏僻的夹皮沟里。

那时候,我和强子形影不离,是一起光屁股长大的好伙伴。强子在我家里吃饭,我在强子家睡觉,那是常有的事。

我们两家很要好。强子的爸爸妈妈常年生病,家里很穷。而我家有果园有鱼塘,比他家阔多了。我们家经常周济强子家,送他们家粮食,帮强子缴学费,有时还帮他们偿还欠下的医药费。强子的爸爸妈妈经常感动得流泪。

那一年,强子的妈妈不行了。强子的妈妈拉着强子的手说:"孩子,这么多年来,我们家多亏狗子哥一家的照顾啊。这大恩大德,你长大后要帮我们还啊……"强子流着鼻涕、抹着眼泪,使劲点头……

后来我和强子都长大了。我没有考上大学,就继续回老家管理果园和鱼塘,而强子却凭着优异的成绩考入名牌大学。强子经常给我打电话,说:"狗子哥,你放心,等我以后参加工作挣钱了,一定报答你们家的大恩大德！"我连忙回答："我们是好伙伴，互相帮助是应该的嘛。以后不要再谈什么报答不报答。"

强子大学毕业，考上了公务员，成了国家机关干部。我们一家人都为强子感到高兴。强子到工作单位报到后，激动地打电话邀我到城里做客。强子亲自在家做饭菜，我和强子喝醉后，又像小时候那样挤在一张床上。强子指着床边一辆崭新的自行车，打着嗝说："狗子哥，没有你们家的帮助，我强子哪能当上公务员？这是我送给你的礼物，有了这玩意儿，你去果园和鱼塘也方便，请你务必收下！"我的心里感到阵阵暖意，高高兴兴地收下了礼物。

第二年，强子又打电话邀我到城里做客。这一回，强子请我去吃大排档。我和强子喝醉后，还是像小时候那样挤在一张床上。强子指着床边一辆崭新的摩托车，打着嗝说："狗子哥，没有你们家的帮助，我强子哪能当上科长？这是我送给你的礼物，有了这玩意儿，你去果园和鱼塘更方便，请你务必收下！"我心里感到过意不去，连忙推辞说："不用了，你送给我的自行车还好好的呢！"强子拉下脸，说："是嫌礼物轻吗？再推辞我就生气了。"我无奈地摇摇头，只好收下。

后来强子把他的爸爸接进了城，就很少回老家夹皮沟了。春节期间，强子再次打电话邀我到城里做客。这一次，强子把我安排到一家豪华酒店用餐。喝醉后，我们一起住进宾馆。强子打着嗝说："狗子哥，没有你们家的帮助，我强子哪能当上局长？明天我送给你一件礼物，是一辆拖拉机。有了这玩意儿，你运输水果和卖鱼方便多了，请你务必收下！"我一听吓了一跳，酒醒了大半，连忙推辞说："这得花你多少钱呀？这礼太重了，我不要！"强子拉下脸，说："你这样见外，是不想认我这个伙伴了吗？"我不安地摇摇头，忐忑不安地收下了这礼物。

从此以后我心里总感到不安，也不敢给强子打电话，怕他又送我什么礼物。哪知道一段时间后,强子的电话还是打到了家里,不厌其烦地邀我到城里做客。我连忙推说果园和鱼塘都很忙,哪知道强子竟然派司机来接我来了。没有办法,我只好硬着头皮上了车。这一次,强子把我安排到一家高级的夜总会玩。我喝醉后,被强子扶进宾馆。朦朦胧胧中,我发现身边躺着的不是强子,而是一个妖艳的女郎。我吓得一声大叫滚到了床下,惊恐地问:"你是谁?快出去!不然我报警了!"女郎冷冷一笑,说:"哼!真是个乡巴佬!"然后甩门而去……

　　第二天天刚亮,我就迫不及待要回家,哪知道门外早有一个年轻小伙在等候了。小伙说:"区长很忙,一大早出差了。区长特意安排我送您回家。"我叹口气,跟着小伙上了一辆东风牌大汽车。刚进村子,小伙就说:"这车是区长送给您的礼物!您有区长这样的朋友,真是福气。"我一听,惊讶得差点跌倒,连忙说:"我不要这礼物,请你开回去!"然而小伙置之不理,飞一样地跑了……

　　又过了半年,有一天我从果园回家,年老的爸爸告诉我:"强子又来电话了,他请你到城里做客!"我一听面若土色,一下子跌倒在地,无力地说:"爸爸,你快给强子回个电话,就说我出去打工了,不知道在哪个地方,今天刚走……"

　　爸爸惊异地问:"你为什么这样做?你怕强子什么呀?"

　　我的脑袋一下子耷拉下来,说:"这次,我怕他送我火车或者飞机啊!"

　　(本文发表于《中国铁路文艺》2012年第6期。)

县长送的羊

这天，王县长忽然想起自己很久没去看望联系贫困户了，便叫畜牧局准备一只小羊，好送给夹皮沟乡的联系贫困户张大爷饲养。

在夹皮沟乡熊乡长的陪同下，王县长牵着小羊，来到单身汉张大爷的家门口，却见张大爷家大门紧锁，没有人在。熊乡长找来村干部一问，原来张大爷半年前就病死了。王县长的脸色很难看，把羊绳丢给熊乡长说："你们自己处理吧，要保证把它养好。"说完便钻进小轿车，回县政府去了。

"王县长放心，我保证把它养好！"熊乡长对着一溜烟的车屁股，拍着胸脯表态。

熊乡长牵着小羊回到乡政府，马上召开机关干部大会，自豪而动情地说："这是王县长亲自交到我手里的羊绳，我们一定要亲自把这头羊养好，以不辜负王县长对我们夹皮沟乡的莫大信任和期望！"

说干就干，乡政府马上抽调精兵强将成立养羊办，专门负责组织协调养羊各项工作。养羊办下设基建组、饲料组、喂养组、防疫组、保卫组、财务组等，乡机关干部人人参加，人人有责。

乡干部们都欢天喜地，因为熊乡长宣布，养羊是干部的分外工作，每人都将按月领取数目可观的劳务费。现在政策要求很严，三令五申"厉行节约、反对浪费"，乡干部们已经很久没有领到奖金或其他福利了。

基建组迅速开展圈舍修建招投标工作，在机关食堂背后修起一座装潢漂亮、宽大舒适、空调开放、功能齐全的羊圈。其他组也纷纷行动，饲料选得精，三餐喂得细，卫生做得好，值班值得勤，劳务费发得快，真是各负其责，各司其职，各尽所能。小羊天天吃得饱，玩得好，睡得香,"咩咩"叫个不停,好不快活。

小羊一天天长大,熊乡长多次亲临羊圈调研指导,对养羊各项工作提出新要求。熊乡长还分期分批带领干部到全国各地学习养羊经验,顺便到当地的旅游风景区参观。干部们好久没有出来散心了,都兴奋得手舞足蹈。

到了年终,小羊长成了一只大肥羊,熊乡长非常满意。正当熊乡长精心筹划邀请王县长来视察工作时,上面传来消息,王县长交换到外地任职,已经启程赴任了。熊乡长像一只泄了气的皮球,苦笑了一下,遗憾地叹了口气。

过了几天,熊乡长感染了风寒,住进了医院。乡干部们都提着礼品前来看望,养羊办主任端来一碗热腾腾的羊肉汤,讨好地说:"熊乡长,您最喜欢喝羊肉汤了,所以我们把养的那只大肥羊杀了,给您补补身子……反正王县长已经交换到外地任职去了,这大肥羊已经没用了……"

哪知道熊乡长龙颜大怒,指着养羊办主任吼道:"你懂个屁!谁同意你们杀羊了!这县长亲自送的羊,政治意义非同寻常。羊在,养羊办就在,大家的劳务费就在,外出旅游的机会就在,我还准备年后带大家到欧洲学习养羊经验呢!这下好了,全泡汤了……"

(本文发表于《民间传奇故事》A版2014年第6期,被《微型小说月报》2014年第6期、《幸福·悦读》2014年第11期等转载。)

资　格

张三聪明好学,品学兼优,大学刚毕业就脱颖而出,以优异的成绩考进局机关,成了一名令人艳羡的公务员。

张三暗下决心，参加工作后，一定要更加努力、更加勤奋，争取在事业上取得成功。

张三到单位报到后没几天，就参加了局办公会。会上，各科长、副科长汇报了上周工作情况及本周工作计划。当局长问还有没有其他同志补充发言时，一向口才极好的张三马上滔滔不绝地汇报了自己的工作打算。讲得头头是道，但张三发现大家都用怪异的眼光看着他。

会后，张三虚心地向办公室主任请教其中缘由。办公室主任坦诚地告诉他，局办公会虽然是全体干部职工参加，但一般干部职工只是列席，不发言。只有副科长级别以上的干部才有资格汇报工作。张三听了觉得大为惊异。

又过了几天，单位召开由领导班子成员参加的局长办公会议，因办公室主任出差，由张三负责做会议记录。会议研究下属单位的人事配备问题，需要领导班子成员举手表决。张三看大家都举起了手，便不由自主地举起了手。领导们一看哈哈大笑，有一位副局长笑得差点把茶喷了出来。局长正色地对张三说："你够什么资格举手？乱弹琴！"

事后张三才明白，决定重大事项的局长办公会议，只有领导班子成员级别才有资格举手，连副科长、科长级别都没有资格！

张三仔细琢磨单位里的事儿，很快发现，机关的一切待遇都跟级别有关，并且级别越高，待遇越高。比如单位最豪华的那辆小车，只有局长和书记有资格坐；比如机关食堂，一号雅间永远留给副局长以上级别的；比如单位的电话补贴，只有副科长以上级别的才有；比如干部体检，局领导班子成员到省级医院，副科长、科长级别到市级医院，一般干部职工只能到区级医院……

张三仿佛看见一座山横在他的面前。山很高，一级一级台阶通向山顶，望不到头。而此刻，张三在山脚下。

张三暗下决心，一定要一步步往上爬，争取早日爬到山顶看日出。

心动变成行动。张三努力工作，得到了领导们的赏识和肯定。

张三的梦想果然一步步实现，副科长、科长、副局长、局长、副区长，张三一直当到了区委书记，级别越来越高。张三俯视山下，觉得"一览众山小"，真是神清气爽，心旷神怡。

可惜张三在区委书记位置上才干几年，就因为卖官受贿被判刑坐牢。张三感觉一下子从山顶摔下来，不是摔在原来的山脚下，而是摔进深渊，摔得粉身碎骨。张三耷拉着脑袋，弓着腰，两眼呆滞地走进牢房。好在同室狱友都来安慰他，一点也不嫌弃。一了解，张三惊奇地发现，原来同室狱友都是经济犯，有的当过科长，有的当过所长，有的当过站长，有的当过局长，有的当过副县长，都没有他的级别高。

因此，狱友都尊称他为"领导"。

张三突然感到很振奋。他直起腰，两眼放光，习惯性地把手一挥，指示道："大家都是不同级别的领导干部，我提一点希望和要求。大家一定要统一思想，提高认识，努力改造，狠抓落实……"

（本文发表于《小说月刊》2012年第7期。）

政　令

副区长的小车一驶进东镇政府机关大院，镇长便赶紧上前拉开车门。镇长伸出手想跟领导握手，副区长却置之不理，脸色极其难看。

镇长的心咯噔了一下。

副区长径直走进镇政府会议室，对镇长说："你把政府班子成员全部叫到这里来，我有话要说。"

才两三分钟，该来的都到齐了。大家拿出笔记本，握好笔，挺胸抬头，双眼专注地盯着副区长，等待领导作重要指示。

副区长扫视了大家一眼，冷冷地"哼"了一声："今天本来区长要亲自来的，但他接到紧急通知要到市里开会，所以委托我来解决你们这里的政令不畅问题！"

大家一听，吃惊不小，你瞧我，我瞧你，如坠迷雾。镇长小心翼翼地问："敢问副区长，我们东镇政府怎么政令不畅了？您说具体点，我们好整改。"

"这还用得着我细说吗？"副区长厉声吼道，"区领导交办的政务事务，你们总是拖着不办或者办不好。上级下发的文件，对你们有利的，你们贯彻执行得就快；反之则敷衍塞责，蒙混过关。这不是政令不畅是什么？"

"不可能吧？我们这里一直政令畅通，上级领导和广大群众都满意。"一个副镇长不服气地说。

"就是，不可能吧……"另一个副镇长小声地附和。

"是不是搞错了？"还有一个副镇长提出了疑问。

副区长一听，摔了茶杯，火冒三丈："领导批评你们，你们不但不认错，还强词夺理狡辩，他奶奶的这还算政令畅通吗？你们的乌纱帽是不是戴腻了？"

镇长一看坏了，冷汗都吓出来了，马上打圆场："副区长您别生气，别生气！我代表东镇政府班子成员向您和区长认错！我们坚决改正，坚决改正！"

"那你们怎么改？"副区长脸色稍微缓和了些，冷眼看着镇长。

镇长擦了擦冷汗，咬咬牙表态："今天，我们班子成员分别做会议检讨。书面检讨材料在会后报送您和区长审阅，没有过关的重新补课……还有，将本年度定为东镇政府政务环境提升年，花大力气整改政务环境，确保政令畅通！"

副区长脸上终于有了一丝笑意，说："这还差不多。"

待东镇政府班子成员依次深刻检讨后，副区长分别作了点评批评，同时语重心长地提出了一些工作要求。大家认认真真地记下了副区长讲的每一句话、每一个字。

副区长满意地上了车,准备打道回府。突然手机响了,一看是区长打来的,赶紧接听,只听区长说:"副区长啊,我叫你到那个政令不通的西镇去一趟,给镇政府的班子成员敲个警钟,你去了吗?"

"什么?西镇?"副区长眼睛瞪得老大,简直不敢相信自己的耳朵。

"是西镇呀,难道早晨我给你说这事的时候你没听清楚呀……"电话那头区长又说,"我给你打这个电话,主要是想拜托你到西镇后,再到东镇去一趟。东镇政府是全区政令畅通的典范,你去褒奖一下,鼓励他们多多总结、提炼经验在全区推广……"

"啪"的一声,副区长的手机从手中滑落,区长接下来讲的话,副区长已听不清了……

(本文发表于 2011 年 10 月 17 日《滁州日报》,被《杂文选刊》上旬版 2011 年第 12 期等转载,入选 2013 年新华出版社《传递正能量:最好看的廉政小小说 100 篇》。)

血翡翠

(一)钱局长

天黑这么久了,这李干事怎么还不来?

这李干事也真是,榆木脑瓜一个!明明叫他今天晚上早点来,想跟他谈谈心,想给他肩上压压"担子",并暗示他带上血翡翠借给我欣赏把玩一下。已经把话说到这份上了,即使是猪也应该懂了!

这李干事当一辈子干事,活该!一天到晚只知道干事,那就永远有干不完的事!工作能力强有什么用?领导天天表扬有什么用?评先进时没有你,出国考察时没有你,分奖金时没有你,特别是提拔时更没有你！

　　难怪前几届局长下来，谁在工作上都离不开李干事，谁都张嘴闭嘴夸奖李干事，但谁都没有提拔他。"不跑不送，原地不动"，这么简单的规则都不懂。自己的前途自己不去争取，等着天上掉馅饼呀？

　　谁都知道李干事家有祖传的宝贝血翡翠，谁都知道几届局长都有珍藏古玩的特殊爱好，可这小子就是不开窍！真替他惋惜！

　　唉，我这几天夜不成寐，只是太想得到这少见的血翡翠！这李干事哪里知道，再过几天我就要交流到另外一个肥局做"一把手"了。当组织部长的大学同窗已经私自找他谈了话，倘若再不暗示一下这榆木脑瓜，这辈子恐怕就永远跟血翡翠无缘了，多可惜呀……

　　门铃响了！看来这小子终于开窍了一回！

　　（二）李干事

　　参加工作这么多年，内心从来没有像今天这样痛苦挣扎过。

　　作为高才生，当年以优异的成绩考入这个单位，上班第一天就立下雄心壮志：一定要勤奋工作，争取出人头地！为含辛茹苦培养儿子成才却早逝的父母争光！为自己争光！

　　可是，理想和现实之间的差距是多么的大呀！自己埋头苦干这么多年，早已成长为单位业务骨干。可单位每次提拔，却都没有自己的份。而提拔的同事，工作能力大都比自己差。现在算看透了，干部提拔与业务水平无关，与背景与送礼有关。一次次燃起的希望一次次被浇灭，那种痛苦、无奈、愤怒，唯有自己独自品尝。

　　今天在钱局长的办公室，见识了钱局长赤裸裸的"谈心"！当时觉得像吞吃了一只苍蝇，真想马上呕吐出来。这事若发生在血气方刚的年龄，相信自己会当场拂袖而去！

　　可如今不同了。青春不在了，身体累垮了，梦想破碎了，棱角磨平了……

呆呆地走出钱局长办公室，头脑一片空白。

送？还是不送？真是左右为难。送，意味着前途光明，但也意味着道德失守和底线崩溃，意味着堕落；不送，自己已经逼近干部提拔的年龄顶线，错过了这一村这一店，在父母坟前发誓要出人头地的梦想将永远无法实现！

还好，可以去征询一下单位里对自己最好、自己最信任的孙副局长的意见。没想到孙副局长非常支持今天晚上的行动。孙副局长还陪同自己来到钱局长家的楼下，一路上他不停地拍自己的肩膀，为自己鼓劲打气，并愿意在楼下等候结果。

血翡翠是祖传的宝贝，倘若拱手送人导致宝贝失传，如何对得起早逝的父母和列祖列宗？钱局长和孙副局长哪里知道，为防血翡翠被盗，李家爷爷那一代还传下来一只赝品。

今天带来的，就是那只赝品。

（三）孙副局长

这么多年做常务副局长，总是被姓钱的骂来骂去，被姓钱的当孙子使唤，算是受够了！

有什么办法？姓钱的与组织部长是大学同学，姓钱的自己不想走，就永远是这个单位的老大，别人就永远没有出头的日子。

那就向外发展吧。可姓钱的心理阴暗，他只给组织部门推荐本单位二级班子中的"心腹"提拔做外单位副职，却从不推荐本单位副职提拔做外单位"一把手"。他见不得他的助手以后和他平级、平起平坐。把副职永远捏在手里，他就永远有优越感。

只有把姓钱的赶走，"副局长"才可能去掉那个"副"字！

但是，把姓钱的赶走，谈何容易！

机会终于来了！李干事这个书呆子，竟然拿上不得台面的事儿来征求我的意见。一个完美的计划迅速在脑海里形成……

李干事哪里知道，在送他到姓钱的楼下期间，我已偷偷地将微型摄像机别在了李干事身上不易发现的地方。待李干事下楼时再偷偷地取下来，明天就可以神不知鬼不觉寄给纪检部门了……

哈哈！

（四）赝品

我知道，我是低贱的不值一文的复制品。

我知道，我存在的意义就是保护正版。换句话说，我只是血翡翠的替身，我只是血翡翠的影子。

我知道，这就是我的命运，我的职责。我认命。

我知道，是李干事的爷爷给了我生命，我的主人姓李。我将永远躺在李家世代相传的翡翠匣子里，与血翡翠相伴。

然而我错了。这天晚上，我的主人将我带到他的上司钱局长家，将我拱手送人。在我备感失落的同时，我看见新主人两眼放光，把我捧在手里，像抱着刚出生的儿子那样惊喜。

我知道，新主人把我当成正版了。

新主人把我和一大箱珍珠玛瑙、宝石玉器放在一起。我知道，从此我将改姓钱，从此我将永远躺在钱家的宝贝箱子里了。

然而我又错了。才过了几天，我就和新主人被几个陌生人带走。在一间戒备森严的审讯室，我被摆放在冰冷的案桌上，在这里我还先后看见了我的老主人李干事和他的上司孙副局长……

从此，我失去了我的主人。我被转移到一个叫做干部廉政警示教育展览馆的大厅，供人参观……

（本文发表于《火花》2012 年第 11 期。）

机关病症

（一）哑 症

张三以优异的成绩考调进局机关，在很短的时间内就熟悉了工作业务，迅速成长为单位的骨干力量。大家都说：这小子有前途。

然而一晃十多年过去了，不少比他后调进机关的同事都被提拔了，他还是原地踏步，小科员一个。

有人分析说，这主要因为张三是个直肠子，眼睛里容不得一粒沙子，喜怒哀乐全挂在脸上，这在人际复杂的机关是行不通的。也有人分析说，张三是个急性子，快人快语，得罪了不少人，影响了自己的前途。

张三觉得自己的职场事业很失败，很郁闷。

一天，张三去菜市场买菜，忽然感觉腰被人撞了一下，一个行人从身旁慌慌张张向前跑去。张三一摸口袋，钱包没了，原来遇上了小偷！张三很着急很气愤，连忙追上去，想大喊："抓小偷啊！"可话到嘴边却发不出声！眼看着小偷跑掉了……

张三意识到自己的嗓子出了问题，他马上来到医院。专家详细了解了病情，并作了相关检查，肯定地说："你的声带没有任何问题，你这是患了间歇性哑症。所谓间歇性，就是只有在你很着急很气愤的时候才会发作，无伤大碍，你只要放松心情就行啦！"

张三看病回来，刚到办公室门口，就听见同事小李在说他的坏话，张三很着急很气愤，一下子冲进去，本想大骂小李一顿，可话到嘴边却发不出声。张三只得涨红了脸，默默地回到办公座位上。小李尴尬地笑笑，连忙跟张三道歉。

过了几天，张三被马副局长叫到办公室，马副局长很生气地说："你写的什么学习心得文章？怎么跟王科长写得一模一样？王科长说上周他就写好了，你这不是照抄吗？不像话！"

张三一听很着急很气愤。张三有写学习心得文章的习惯，写好后就挂在自己的博客上。这次的学习心得文章，也是在领导布置任务后，第一时间就写好了，怎么可能去照抄王科长的文章？一定是王科长到自己的博客逛过，然后顺手牵羊剽窃了自己的劳动成果。张三涨红了脸，想大声争辩，可话到嘴边却发不出声！张三鼻头一酸，掉头退出马副局长办公室……

就这样，因为患上间歇性哑症，张三受了很多委屈。但他没有办法，只能默默忍受。年终评优，业务精湛、成绩斐然的张三没有评上，孙局长以为张三会大闹一场，结果张三很沉默，孙局长感到很意外，很惊讶。大家都说张三变了，变沉默了，也变成熟了。

年后，局里人事变动，拟新提拔一批干部。大家都一致推荐张三，说张三早该提拔重用了，包括小李、王科长、马副局长、局长都这样认为。于是张三成为张副科长。

后来，张三又先后担任科长、副局长，一直做到局长，事业一帆风顺。但他的间歇性哑症却再也没有治好过。

（二）软骨症

最近，局办公室小李感觉腿脚酸胀，直不起腰抬不起头，走路摇摇晃晃，一副风吹就倒的样子。小李大吃一惊，连忙跑到医院。医生仔细检查后说，小李这是患了奇特的软骨症，虽然没有生命危险，但很难根治，必须服用相当长一段时间的钙片。

年纪轻轻就犯这样奇怪的病，小李感到很痛苦。从医院回到机关，小李变沉默了。

而意想不到的是，小李自从患上软骨症后，见谁都低头哈腰的样子，不像以前那样高昂着头，反而得到领导和同事的一致好评。

不久，单位计划提拔一批新干部。几个局领导都说，在机关年轻人当中，小李看上去最谦虚、最稳重，是做办公室主任的最佳人选。

李主任做梦也没有想到因为自己这形象竟然得到提拔，祸兮福兮，这真是充满玄机。软骨症就软骨症吧，李主任索性丢掉了钙片。

当然，李主任这副形象，在局长心情不好的时候，少不了挨奚落和批评。李主任总是低头笑着，从不觉得委屈。

这样一来，虽然局长换了几届，局里的二级班子走马灯似的换，李主任的办公室主任位置总是雷打不动。

时光飞逝，转眼间李主任变成老李。老李退休下来待在家里，竟然一病不起。老伴很着急，要扶老李去医院看病，老李叹口气说："我没有什么病，就是几天没有挨局长批评，不习惯，憋得慌，心神不宁。"老伴一听破口大骂："天下竟然还有你这样的挨骂有瘾的人，你真是个贱人！"

老伴一个电话，局长带着一帮人来看望老李。局长口沫横飞，将老李一顿臭骂。奇怪的是，挨骂后的老李尴尬地笑着，竟从病床上站起身来，病似乎好了大半！

（三）眼　症

李燕和孙蕾是大学时的死党，两人形影不离，无话不说，好得像一个人一样。

大学毕业，两人还是舍不得天各一方，便相约一起报考同一机关公务员，希望毕业后继续在一起工作。

事如人愿，两人果然考进同一机关工作。两人约定：一定要好好工作，争取共同进步，实现"比翼双飞"！

凭着勤奋好学、任劳任怨、尽职尽责，两人迅速成长为单位的业务骨干，得到领导和同事的充分肯定。

一年后，两人都被提拔为副科长。

两年后，两人又如愿一起当上科长！

又过了几年，单位一位副局长退休，空缺了一名领导副职名额。经局长推荐和组织部门考核，李燕被任命为副局长。

不久，孙蕾感到视线模糊，眼睛红肿，不得不到医院治疗。在李燕的陪伴下，孙蕾很快就出院了。然而出院后，孙蕾的眼睛仍然时好时坏。

几年后，局长年龄到点，李燕被提拔为一把手。在宣布组织部任命文件当天，孙蕾病情加重，眼角滴出血来。

孙蕾只得再次住进医院。

百忙之中的李燕局长闻知，忙到医院看望好友。在医院门口，李燕被一辆卡车撞成重伤。

令人不可思议的是，孙蕾得到消息后，其病症竟然慢慢消失了。在李燕被抬上手术台时，孙蕾快速办理了出院手续。

（本文发表于《小说月刊》2013年第2期，被《微型小说月报》2013年第9期等转载。）

演 练

局长生日那天，赵总用报纸包着几大捆钞票，叩开了他的家门。

赵总脸上堆着笑，说："祝局长生日快乐！"

局长指了指报纸，面无表情地问："这是什么？"

赵总谦恭地回答："一点小意思，不成敬意，希望局长以后多关照！"

局长正色道："我这个人是最讲原则的，我绝不收钱受贿。你要祝我生日快乐，就送我生日蛋糕吧！"

赵总尴尬地退了出来，重新买了蛋糕。赵总将几大捆钞票换成了银行卡，插在了蛋糕上。

局长指了指蛋糕，面无表情地问："这是什么？"

赵总谦恭地回答："这是送给局长的生日蛋糕，祝局长生日快乐！"

局长笑道:"这就对了嘛,为企业服好务,这是我的工作职责嘛!"

……

工程招标会议刚结束,钱总提着一皮箱钞票,叩开了局长的家门。

钱总脸上堆着笑,说:"谢谢局长关照!"

局长指了指皮箱,面无表情地问:"这是什么?"

钱总谦恭地回答:"一点小意思,不成敬意,感谢局长在招标会上的关照!"

局长正色道:"我这个人是最讲原则的,我绝不收钱受贿。你要感谢我,送点会议纪念品就行了!"

钱总尴尬地退了出来,重新买了公文包等会议纪念品。钱总将一皮箱钞票换成了银行卡,放进了公文包里。

局长指了指公文包,面无表情地问:"这是什么?"

钱总谦恭地回答:"这是送给局长的会议纪念品,希望局长以后多关照!"

局长笑道:"这就对了嘛,为企业服好务,这是我的工作职责嘛!"

……

春节来临,孙总扛了一麻袋钞票,叩开了局长的家门。

孙总脸上堆着笑,说:"祝局长春节快乐!"

局长指了指麻袋,面无表情地问:"这是什么?"

孙总谦恭地回答:"一点小意思,不成敬意,希望局长以后多关照!"

局长正色道:"我这个人是最讲原则的,我绝不收钱受贿。你要祝我春节快乐,就送我一点你家乡的土特产吧!"

孙总尴尬地退了出来,重新买了茶叶、柚子等家乡的土特产。孙总将一麻袋钞票换成了银行卡,别在了土特产包装盒内。

局长指了指包装盒,面无表情地问:"这是什么?"

孙总谦恭地回答:"这是送给局长的土特产,祝局长春节快乐!"

局长笑道:"这就对了嘛,为企业服好务,这是我的工作职责嘛!"

……

终于有一天，因为群众举报，局长被纪检部门传讯。局长坦然说道："请组织上相信我！我这个人是最讲原则的，我绝不收钱受贿。当然我也要检讨，我不该碍于情面，收受企业老板送的生日蛋糕、会议纪念品、土特产等。"

赵总、钱总、孙总等也被纪检部门传讯。老总们都坦白交代，局长这个人是最讲原则的，他总是警告我们不要向他送钱行贿，我们只能送些生日蛋糕、会议纪念品、土特产等给他，礼轻情意重……

局长有惊无险地走出纪检部门讯问室，直接来到"二奶"住的高档小区，打开门就搂住"二奶"，后怕而又得意地说："亲，我差点回不来了，幸亏我攻守同盟演练得早啊……"

（本文发表于 2012 年 10 月 23 日《齐齐哈尔日报》，被 2013 年 5 月 20 日《文学报·手机小说报》《小品文选刊·笑林》2013 年第 2 期等转载。）

汇报艺术

李乡长在乡长位置上干了近十年了，多项工作取得了骄人成绩，但始终得不到进一步提拔。眼看着一拨又一拨的乡镇长回主城区做了局长，有的甚至当上了区"四大班子"领导，李乡长开始着急。

李乡长有个老同学，也是本区一乡之长。他比李乡长出道晚，政绩比李乡长差得远，最近却一帆风顺地调进主城区做了局长。李乡长好生羡慕，忙登门拜访，恳请老同学指点迷津。

李乡长说："老同学，你知道我读书时就是个死脑筋、书呆子。要不是我学历高，区委组织部当年要树几个学者型干部典型，我也当不了这乡长。你脑袋活络，你要教教我，怎样才能回城呀？"

老同学哈哈大笑，说："哎呀，喝酒喝酒……"

推杯换盏几十个回合，老同学就喝高了。他打着酒嗝，推心置腹地说："一句话——我经常给区委曹书记汇报工作和思想，曹书记就提拔了我，就这么简单。你不经常跟曹书记汇报，曹书记怎么了解你的工作情况，怎么熟悉你这个人？怎么知道你尊重他呀？"

李乡长瞪大眼睛："就这么简单？"

老同学点点头："领导风格喜好各有不同，不好说，不好一概而论，但曹书记喜欢经常跟他汇报工作和思想的干部。"

李乡长猛然想起，自己当乡长这么久了，跟曹书记接触时间很多，但大多是开全区领导干部会，单独相处时间极少。曹书记亲自到乡里来调研和检查工作，一年也只有一两次。工作中有什么问题，李乡长一般都采取"艰苦奋斗、自力更生"方式解决，很少去麻烦区领导。有几回主动邀请曹书记来乡里视察，书记都推说没空。也有几次想到曹书记办公室坐坐，但要么没人，要么人多得很，只好作罢。看来，还得把给曹书记汇报工作和思想，列为工作"重中之重"才行！

思想决定行动，李乡长不时到区委大院曹书记办公室门边守候，可书记太忙，候了几次都没候着。李乡长想，那就晚上来候吧，曹书记不是常常白天跑基层、晚上加班批阅文件吗？

这天晚上，李乡长见曹书记办公室灯光亮着，很高兴，便叩响了门。曹书记打开门，面无表情地问："啥事？"李乡长赶紧回答："想跟您汇报工作！"曹书记仍然面无表情地问："是非常紧急的事情吗？"李乡长一愣："不紧急，不紧急。"曹书记不高兴地说："你也看见了，我正约谈工作上的事，你换时间来吧！"李乡长往门里一瞧，果然里面坐着人。

李乡长把这事给老同学一说，老同学就数落道："晚上给曹书记汇报工作，只有一种情况，那就是他主动约谈。白天下基层，晚上约谈，这也是曹书记的工作习惯。他没有约你，你冒失地去，肯定不受欢迎。"

李乡长一拍脑袋，说："我真笨，那我白天再去候着。"

这天刚到上班时间，曹书记就到了办公室。李乡长一看机会来了，忙跟了进去。李乡长才汇报了几分钟，曹书记说："我还有事，你下次来吧。"

李乡长只得退出来，他郁闷地来到老同学办公室，叹口气说："唉，看来曹书记对我'不感冒'呀。"

老同学听说李乡长才从曹书记办公室出来，就点着李乡长鼻子说："你这书呆子脾气还没改！想跟曹书记汇报，你先跟他秘书通个气，看书记有没有时间嘛。今天上午曹书记要给新开工工程剪彩，要视察学校开学情况，要看望生病的老干部，哪有时间听你汇报？"

李乡长重重地一捶脑袋，说："我真是笨死了，以后我一定先跟秘书联系。"

这天李乡长跟秘书联系，运气还不错。秘书说，市领导今天来检查工作，下午三点准时离开。欢送市领导后曹书记没有其他工作安排，可以听取汇报。

下午三点，李乡长准时守候在曹书记门口。一会儿，曹书记果然回到办公室。李乡长清清嗓子，详细地向曹书记汇报工作。哪想到一声不吭的曹书记突然打断他的话，吼道："一大堆成绩，你是专门来表功的吗？需要区委解决什么问题，这才是你要汇报的！准备好了再来！"

李乡长迷茫地退出门，告知老同学遭遇。老同学摇摇头，怜惜地看了李乡长一眼，说："今天市领导来检查，听说对区委工作很不满意，市领导狠狠地批评了曹书记一顿，曹书记心情很不好。这时候你去汇报工作，当然只有挨骂的份！"

李乡长捶胸顿足道："没想到给领导汇报工作这么多讲究，罢罢罢，我再准备一次吧！"

机会终于来了。这天，从市里传来捷报，曹书记被评为"优秀区委书记",曹书记心情肯定好。秘书又回复说曹书记当天恰好没有其他安排,李乡长终于逮着了这个最好机会跟领导汇报工作。

果不其然,曹书记笑吟吟地给李乡长泡了杯茶。李乡长清清嗓子,汇报道:"上次书记指示,需要区委解决的问题才汇报,我今天就把我乡几个遗留的老大难问题汇报一下。"

李乡长滔滔不绝地汇报着,没有注意到曹书记脸色越来越难看。最终,曹书记打断李乡长的汇报,说:"算了,你别说了,我会安排区政府的领导来专门调研的。"

李乡长不知此次汇报是好是坏,便给老同学打电话询问。电话那边久久没有出声。李乡长再三催问,老同学只好明确告诉他:"你小子无药可救了!别人给曹书记汇报工作,都是请书记视察、参观、剪彩、题字、做序、颁奖等等,都是爽心的事。可你倒好,汇报前几届区委书记都没有解决的老大难问题,这不是给他出难题吗?"

李乡长呆了,电话不知不觉掉在地上……

不久,一纸文件将李乡长调到离主城区更偏远的一个小乡任调研员。

(本文发表于《微型小说月报》原创版2012年第9期,入选2013年新华出版社《传递正能量:最好看的廉政小小说100篇》。)

您老别多心

这天,夹皮沟乡特困户牛大爷家来了一群人。牛大爷知道,春节即将来临,上级领导是送温暖来了。每年这个时候,乡政府都有领导来慰问牛大爷。只不过这次来的人太多,并且大都不认识。

一个矮矮胖胖的中年人热情地跟牛大爷握手,并送上一个信封,上面写着"慰问金300元"。陪同的乡长跟牛大爷介绍，这是县民政局局长。

"牛大爷，我代表民政局全体干部职工向您表示慰问，祝您身体健康，长命百岁！"民政局局长拉着牛大爷的衣角，温情地说。

随后，又一个高高瘦瘦的中年人热情地跟牛大爷握手，并送上一个信封，上面写着"慰问金300元"。乡长跟牛大爷介绍，这是县扶贫办主任。

"牛大爷，我代表县扶贫办全体干部职工向您表示慰问，预祝您节日快乐，万事顺心！"扶贫办主任扶着牛大爷坐下，还帮老人捶了捶背。

接着，县财政局局长、总工会主席、老龄办主任、乡长等，都热情地跟牛大爷握手，并送上一个信封，上面都写着"慰问金300元"。牛大爷嘴角颤抖，老泪纵横：要知道，前几年都只是乡政府领导来慰问，每次都是300元。这次不但来了那么多县里的领导，还送了几千元慰问金，牛大爷实在是太感动了！

"谢谢！谢谢领导！"牛大爷哽咽着抹泪，领导们争着递上手巾。随行的报社记者、电视台记者以及各部门摄像人员赶紧拍下了这感人的一幕！

临告别时，牛大爷打开信封，发现只有第一个信封里面装了300元，其他全是空的，牛大爷感到很意外。乡长连忙把牛大爷拉到一旁，拍拍老人的肩膀，说："大爷，我们县特困户慰问标准是统一的，都是300元。至于刚才那样做，完全是为了拍镜头，为了营造献爱心送温暖氛围，是为了媒体宣传需要，您老可别多心哈……"

牛大爷迷茫地看着乡长，说不出话来……

（本文发表于《幽默与笑话》成人版2013年第2期。）

寡妇节

柳寡妇端着洗衣盆往山下的小河沟走去,迎面看见村主任熊二娃走来,她想掉头避开,却被熊二娃叫住了。

熊二娃阴着脸说:"小柳啊,见了面连招呼都不打,还想跑,怕我吃了你呀?"

柳寡妇心想,我就是怕被你吃了呢,村里稍微漂亮的女人,哪个不怕你呀。她堆上笑脸,说:"哪里哪里,我不是没有看见你嘛!"

熊二娃盯着柳寡妇的洗衣盆,脸色缓和了些,问:"哟,真勤快,洗衣服去呀?"

柳寡妇鼻子里哼一哼,这不是没话找话吗。她不想搭理,继续往前走。

熊二娃伸出一只手,挡住柳寡妇的去路,换上一副笑脸:"别急嘛,我想和你商量一下你家的低保问题。"

柳寡妇鼻头一酸,冷冷地说:"我申请了那么多次,你不是都没同意吗?"

熊二娃打个哈哈,解释道:"村里申请低保的人太多,而名额又有限,时机不成熟嘛。"

柳寡妇心想,村里好些有关系的富户都吃上了低保,自己家里一贫如洗,债务缠身,却反而够不上资格,还拿时机不成熟当借口,笑话!她反问:"莫非现在时机成熟了?"

熊二娃点点头:"是呀,我马上给你家办理。你为了医治重病的男人欠下一屁股债,可惜你男人没有福气,折腾了那么多钱,还是死了!你这么可怜,不帮助你,我二娃心里不好受呀!"

柳寡妇感到意外,勉强笑了笑,说:"谢谢熊主任!"

"不过有个条件。"熊二娃盯着柳寡妇漂亮的脸蛋，暧昧地说，"城里人兴过'光棍节'，明天12月21日是'寡妇节'，我想晚上到你家和你一起过这个节，你给我留个门，怎么样？"

　　柳寡妇无亲无故，男人死后，家里就只剩下她一个人，熊二娃的言下之意傻子都懂。柳寡妇哪有这个思想准备，一听羞红了脸，手足无措，慌忙跑了。

　　第二天，夜黑风高，熊二娃果然来敲柳寡妇家的门。院门没有上锁，一碰就开了，熊二娃心头一阵窃喜。

　　摸黑走进院子，闩上门闩，熊二娃蹑手蹑脚地进去，只见柳寡妇的卧室微开着，亮着灯光。熊二娃头脑一热，三下五除二脱掉身上的衣服，一丝不挂地冲进屋，嘴里喊着："小宝贝，想死我了，我来和你过节了！"

　　随着一阵阵惊叫，熊二娃傻眼了：全村十几个寡妇全部在此，素衣素缟，席地而坐，一起过节……

　　（本文发表于2013年7月1日《边城晚报》。）

教授与局长的对话

　　教授：局长好！我是心理学专家、大学教授。根据组织部门安排，对政府官员开展心理辅导工作，你这里是第一站，很高兴为你服务！

　　局长：欢迎教授指导工作，指点迷津！官员作为特殊群体，在新形势下工作压力越来越大，适时开展官员心理辅导工作，对于调整官员心理状态，更好地发挥官员作用，推动经济社会的发展，意义重大。

　　教授：局长的觉悟很高，认识很到位，非常好，那咱们直接进入主题吧。你觉得自己心理方面存在哪些问题，或者说有哪些压力？

　　局长：这个问题很复杂，一言难尽。

教授：是呀，我们把它叫做官员心理综合征，属于职业性心理范畴。你觉得在你身上有哪些表现？

局长：没有什么特殊表现，应该都是普遍性反映吧。比如对政绩的焦虑，担心干不出成绩，为官一任，没有实现造福一方。比如对前途对官场规则的抑郁，官员个人的升迁去留、上下沉浮很复杂，是社会资源和社会关系的综合反映，并不完全取决于工作能力和成绩。还比如对无休止的工作应酬的无奈，对成天假话、空话、套话的厌烦，对处理上级关系的谦卑，有时候觉得如履薄冰，有时候觉得心力交瘁……

教授：局长在官场，心如明镜，谈得很深刻。但是，坦率地讲，即使官员心理综合征更痛苦，也没有几个官员愿意主动下台，是吧？而且更多的下属也拼命想得到提拔，有的甚至又跑又送，行贿犯罪。按照优越心理学理论，这是官员优越心理战胜心理综合征的必然结果。你认为自己为什么想做这个官？

局长：能做官，这是对工作能力的认可，是实现自身价值的一种体现吧。做了官，可以为国家、为社会做更大贡献嘛。

教授：你说得没有错，我也相信你有这种政治抱负。但今天是专家对官员开展心理辅导，不是上台做报告，或者接受记者采访，不用讲冠冕堂皇的话。我的意思是，从功利角度讲，你认为自己为什么想做这个官？

局长：……

教授：请别顾虑。第一，心理辅导是保密的；第二，只有讲真话，专家才可以真正给你支招。

局长：哦……那好吧。从功利角度讲，当官不当官，可以说是两重天。当了官，各种待遇马上改变，一群又一群的人围着你转。当了官就有了话语权，下属的命运由你决定。当了官就有了占用资源更多，正当合法的福利收入也跟着来。当了官就有了家人跟着荣耀，亲朋好友争着拉关系……

教授：你说到本质上去了。从功利角度讲，要守住这些利益，做官，只能做好官，不能做贪官。做了贪官，蹲了监狱，一切都没有了，到时候后悔都来不及了。这个道理，我想从心理学、从专家教授的角度慢慢阐述给你听吧……（此处省略2000字）

　　局长：听君一席话，胜读十年书。这道理，我懂了。谢谢教授！

　　教授：今天的心理辅导很成功，感谢你的配合。最后谈点题外话，刚才你说"当官不当官，可以说是两重天"，请你谈具体点。我一直在大学教室里教书，对官场一点不了解。

　　局长：好吧，那我就从局长的经历慢慢阐述给你听吧……（此处省略2000字）

　　教授：真没想到当官这样牛！这样幸福！一对比，我这教授白活了，真想到官场来工作呀。

　　局长：我这里正缺一名专家教授级的副局长呢，我看你水平很高，与我也投缘，要不我向组织部门推荐推荐你？

　　教授：哎呀，那我真是遇见贵人啦，谢谢领导！如果能到官场来工作，我一定好好跟领导学习！

　　局长：呵呵，你看今天的心理辅导，最后都成了我辅导你啦……

　　（本文发表于2013年3月24日《榆林晚报》，被《杂文选刊》上旬版2013年第5期等转载。）

三张照片

　　阿P是财会专业的高材生，他以优异的成绩考入局机关财务科，对事业有着远大的理想。哪知道勤勤恳恳工作好多年，还是老科员一个。正当阿P感到生不逢时灰心丧气时，财务科长病逝，职务出现空缺。经局领导办公会研究，决定按照组织部门要求，本着公开、公平、公正的原则，在财务科开展二级班子竞争上岗活动。

阿P听到公开竞聘消息后很高兴。在财务科十多名同事中，自己业务最熟，承担的工作任务最重，得的奖最多，这科长非自己莫属。想到这些，阿P得意地吹起了口哨。阿P熬了几个通宵，精心地准备了演讲稿。在正式演讲时，阿P更是口沫横飞，滔滔不绝，博得了全局干部职工的热烈掌声。

正当阿P以为胜券在握时，单位一把手熊局长宣布：经过财务科十多名干部的激烈竞争和局班子领导的严格评比，由狐妖妖任财务科长。

一听是狐妖妖出任科长，阿P差点眼珠子掉地上，这结果太意外了！要是财务科其他同事当科长，阿P还可以容忍，但这狐妖妖不懂业务，经常旷工，整天只知道化妆打扮，是个吃闲饭的"花瓶"，她凭什么得到提拔？想到这些，阿P肺都气炸了。

阿P不由得想起当年受辱的事情来。当年阿P刚参加工作时，被狐妖妖的美貌迷倒，给狐妖妖写了封滚烫的情书，但狐妖妖答复说，写情书不行，如果阿P当着同事的面跟她跪下求婚，她或许可以考虑。但当阿P真的当着同事的面跟她跪下求婚时，她竟然拧着阿P的耳朵笑骂道："就凭你这笨蛋模样，癞蛤蟆想吃天鹅肉，也不撒泡尿照照，哈哈……"受此大辱，阿P头脑当时一片空白……从此以后，阿P和狐妖妖基本上没什么来往。品质如此低劣的人竟然当上科长，阿P想不通。

想不通的阿P赌气跟熊局长说，自己最近工作太劳累，身体吃不消，想请一个星期的病假。他知道自己在财务科挑大梁，这时候撂工作，熊局长肯定不会答应。哪知道熊局长拍着阿P的肩笑道："阿P呀，你工作确实太辛苦，我准你的假，你就开开心心地到外面耍一趟，哈哈……"差点把阿P气晕过去。

既然领导叫我到外面耍，我就到外面耍！气鼓鼓的阿P果真单身一人到九寨沟游玩去了。其实阿P早知道九寨沟是人间天堂、童话世界，早就想到九寨沟游玩，但因为忙工作一直抽不开身，没想到这回赌气竟成行了!

　　迷人的九寨沟风光让阿P暂时忘记了烦恼。这天他哼着容中尔甲的歌曲《神奇的九寨》，在五彩池拍照的时候，忽然发现池边两个熟悉的身影。阿P定睛一看，竟然是熊局长和狐妖妖! 阿P眼珠一转，悄悄退回到树下隐蔽的地方，举起了手中的相机……

　　一个星期后，阿P回到单位，得知熊局长和狐妖妖上周到北京开会，出差刚回来。阿P鼻子里"哼"了一声，嘴角闪过一丝不易察觉的笑。对，我要好好报复他们一下，我阿P也不是好惹的! 阿P在脑海里设计了一个完美计划。

　　阿P雄赳赳气昂昂地敲响了狐妖妖办公室的门，狐妖妖一见是阿P，不高兴地说："我刚从北京出差回来，很累，有什么事情，快说。"

　　阿P摇头晃脑地问道："你在九寨沟玩得不错吧?"

　　一听此话，狐妖妖惊得差点闪了水蛇腰，她结结巴巴地说："我哪有去九寨沟，你……你别乱说!"

　　阿P哈哈大笑道："你的记忆力可真差呀，请你看看这张照片。"说完递给狐妖妖一张照片。

　　狐妖妖一看花容失色，她咬牙切齿道："你竟敢偷拍，侵犯我的隐私权，我……我要告你!"

　　阿P笑得更欢了："你去告吧，我把这照片交给你老公去。"阿P知道，狐妖妖的老公是个房地产老板，有的是钱，狐妖妖正是冲着这大把大把的钞票才嫁给他的。但这老板是杀猪匠出身，脾气暴躁，腰间常别着匕首什么的。要是他知道狐妖妖和熊局长的事情，肯定没狐妖妖的好果子吃。

　　哪知道狐妖妖重新看了看照片，狡辩说："照片上我和熊局长蹲在池边是谈工作，没什么大不了的，你交给我老公我也不怕!"

　　阿P笑得几乎直不起腰来，他又摸出一张照片递过去，说："你再看看这张照片。"这张照片上，熊局长正背着狐妖妖从池边走向树荫下。

　　狐妖妖一看，无力地跌坐在办公椅上，她用乞求的眼光望着阿P，说:"阿P,看在同事的分上,你千万别把这照片给我老公,你有什么要求,我全答应你。"

阿P正色说:"我只有一个要求,当年我真心实意给你跪下求婚,哪想到受你莫大的侮辱。今天你也给我跪下求婚一次,就算两清了。"

狐妖妖想了想,无奈地答应了。她关上办公室房门后,在阿P面前跪下,不情愿地说:"阿P我爱你,我向你求婚!"阿P心里乐开了花,感觉以前的屈辱一扫而光。他本想按照计划,以其人之道还治其人之身,拧着狐妖妖的耳朵,笑骂"就凭你这骚样,癞蛤蟆想吃天鹅肉,也不撒泡尿照照",但真看到狐妖妖可怜地跪在自己面前,又觉得于心不忍了。他清清嗓子说:"好了,我想奉劝你两件事,希望你好自为之。第一,不要再干伤害别人自尊的事;第二,不要再跟熊局长鬼混了,不然玩火自焚,害人害己!"狐妖妖红着脸点点头。

从狐妖妖办公室出来,阿P又雄赳赳气昂昂地敲响了熊局长办公室的房门,熊局长一见是阿P,不高兴地说:"我刚从北京出差回来,很累,有什么事情,快说。"

阿P冷不丁地问:"局长在九寨沟玩得不错吧?"

一听此话,熊局长一惊,他冷着脸说:"我哪有去九寨沟,你别乱说!"

阿P大声道:"局长的记忆力可真差呀,那你看看这张照片。"说完递给熊局长一张照片。

熊局长一看照片,嘴角抽搐了一下,他从牙缝里吐出几个字来:"你竟敢偷拍,侵犯我的隐私权,不想干了是不是?"

阿P犟劲上来了:"不干就不干,我把这照片交给你老婆或者书记去。"阿P知道,熊局长的岳父是区委书记,熊局长正是因为这层关系才当上局长的。熊局长的老婆在家里是母夜叉,脾气暴躁,要是她知道狐妖妖和老公的事情,不把天搅个窟窿才怪呢。

哪知道熊局长重新看了看照片,狡辩说:"照片上我和狐妖妖蹲在池边是谈工作,没什么大不了的,你交给我老婆或者书记我也不怕!"

阿P笑了，他又摸出一张照片递过去，说："你再看看这张照片。"这张照片上，熊局长正背着狐妖妖从池边走向树荫下。

哪知道熊局长看了看照片，仍然不屑地说："狐妖妖脚崴了，我正背她去疗伤，这也没什么大不了的。"

看来不使杀手锏，熊局长不会服软。阿P不慌不忙，又摸出一张照片递过去，说："你再看看这张照片。"

熊局长一看，一下子脸色铁青。这张照片上，他和狐妖妖正在树荫下亲吻。"局长，你不可能正给狐妖妖做人工呼吸吧？"阿P挖苦道。

这下熊局长软了下来，他有点可怜巴巴地望着阿P，低声说："你千万别把这照片交给我老婆和书记，你有什么要求，我全答应你。"

局长竟然向阿P求情，并且有求必应，阿P得意极了。他正想按照计划要求熊局长给自己任命个科长当当，但转念一想，这样一来自己不成了乘人之危的小人了吗？我阿P是堂堂男子汉大丈夫，是正人君子！想到这里，他清清嗓子说："我只要求你一件事，以后选人用人，提拔干部，要根据干部德才表现，不能搞暗箱操作，不能搞腐败！另外我再奉劝你，不要再跟狐妖妖鬼混了，不然玩火自焚，害人害己！"熊局长低着头，唯唯诺诺，倒像阿P的下属。

从熊局长办公室出来，阿P觉得神清气爽，心情舒畅。虽然科长没有当成，但自己不仅扫除了当年的屈辱，还把局长教育了一通，这比当科长还更有成就感。想到这里，阿P的口哨吹得更响亮了……

（本文发表于2012年8月22日《自贡日报》。）